医馀漫吟

张磊　著

河南科学技术出版社

·郑州·

图书在版编目（CIP）数据

医馀漫吟 / 张磊著. —郑州：河南科学技术出版社，2019. 5(2023.3重印)

ISBN 978-7-5349-9493-7

Ⅰ. ①医… Ⅱ. ①张… Ⅲ. ①古体诗-诗集-中国-当代 Ⅳ. ①I227. 7 中国版本

图书馆 CIP 数据核字（2019）047325 号

出版发行：河南科学技术出版社
　　　　地址：郑州市郑东新区祥盛街 27 号　　邮编：450016
　　　　电话：（0371）65788613　　65788629
　　　　网址：www. hnstp. cn
策划编辑：马艳茹
责任编辑：邓　为
责任校对：董静云
封面设计：张　伟
责任印制：朱　飞
印　　刷：三河市同力彩印有限公司
经　　销：全国新华书店
开　　本：720 mm×1020 mm　1/16　　印张：26. 75　　字数：150 千字
版　　次：2023 年 3 月第 2 次印刷
定　　价：198.00 元

自序

予幼读私塾，老师教我写诗，那时学的就是旧诗。写诗首先要知道每个字是平声还是仄声，老师教我学查《五方元音》，学“反切”，如果对某个字拿不准是平声还是仄声，可查《五方元音》或《康熙字典》，这是写诗最起码的要求。诗要有韵，韵书多采用《诗韵集成》和《诗韵合璧》。写诗既不能兢声，也不能岔韵，然后按诗的规则要求，或五绝或五律，或七绝，或七律。因为我学的就是写旧诗，有一定基础。后来学医，参加工作，顾不上写诗了，只是偶尔为之。退休后，相对来说，时间充裕一些，又把它拾起来了，但我不是诗人，只是在医馀时间写的，故名《医馀诗声》，已出版三本。今又写了一部分，虽然不好，仍舍不得扔弃，又出版一本，更名为《医馀漫吟》。关于我写诗是积极向上的风格，已在前次序言中说了一些，这里就不赘述了。

这本诗仍不分类，大致以时间为主线。因为每首诗都是一个独立体，如同是游园，因时间不同，景物不同，心境不同，感受不同，内容自然也就不同了。又因为我已退休多年，年近九十，活动范围越来越小，多是见景生情，就地取材，不求上佳，只求写实，不讲浮言，只讲心声。我主张诗要明白流畅，避免枯涩干瘪，要积极向上，避免消极低沉。

我曾多次说过，会写旧诗的人，不一定学问都很大，不会写旧诗的人，不是没学问。因为旧诗又是一路，另一种风格。我还认为旧诗是我国传统文化的一部分，不能完全丢弃。在情况、条件许可下，写些旧诗，未尝不可。事实上现在有不少人在写旧诗，而且写得很好。诗很好，但把它写好，不是容易的事，这是我的体会，不知对否。在此，我写了一首学诗感悟于后。由于个人水平有限，错误之处，在所难免，请读者指正！

学诗宛若上高山，
道路崎岖历险艰。
一旦攀登临绝顶，
风光无限笑开颜。

张磊
2018 年 5 月

目　录

老槐树（一）

又见老槐披绿装，
生机勃勃映朝阳。
年过两耋心犹壮，
依旧人前不减光。

郑州市人民公园南门内，有一株老槐树。据记载，树龄已一百六十多岁，仍枝繁叶茂，如同少壮。我很敬重老槐树，曾写了一些赞美诗句，其中有七律同韵八首，已刊在我的《医馀诗声·续编》中。人生八十岁曰“耋”，两耋即一百六十岁。年过两耋即一百六十多岁。“过”，在这里读平声。

时在2015年5月1日。

五一游园

五一游园兴倍多，
榴花如火绿如波。
多姿多彩广场舞，
树上黄莺在伴歌。

2015年，5月1日，我去郑州市人民公园游园。此时，石榴树正在开花，其他草木郁郁葱葱。故云“榴花如火绿如波”。一群群，一处处，广场舞者跳得婀娜多姿。树上黄莺啼唱，似在为广场舞者伴歌。观此自然景色和人物景色，宛如一幅美丽画卷，不禁令人赏心悦目。

写在临终前　二首

一

今日老夫病在床，
可能不久命将亡。
岐黄召我垂经训，
再世为医基厚强。

二

此别红尘永不回，
潇潇洒洒赴泉台。
人人皆有生和死，
何必伤心泪满腮。

我今年已八十七周岁，虽有小恙，总体尚可，每周坐三个半天门诊，来我家就诊者亦较多，均可应对。我八十二岁时曾写两首自悼诗，在我的《医馀诗声》中出版。今又写两首，还是防到临终时，意识模糊写不成了。按我的想法，人总是要死的，这是自然规律，谁也逃脱不了。最好是到一定年龄，突发疾病，突然死亡，岂不痛快！但现实是不以人的意志为转移的，将来结局如何，谁也说不清楚。不管怎样，我先把诗写好，又有什么关系。

游园行吟

公园此日不虚行，
满目春光有鸟鸣。
旋看新荷初出叶，
平铺水面似钱形。

2015年5月12日，农历乙未年三月二十。正是红瘦绿肥之时。于郑州市紫荆山公园，触景兴怀，特别是湖中新荷，初出水面，其形如钱（俗称为“荷钱”），可以说是童年时期的荷，遂口占一首。

新 月

一钩新月挂东天，
细似蛾眉美似娟。
若是贪眠晨不起，
佳期误过睹无缘。

新月出现，在农历每月二十六、二十七凌晨。若逢阴雨天，或人睡懒觉，就看不到新月。所以说见到新月很不容易。

慰问病人

君罹疾患暗神伤，
痛苦呻吟卧病床。
待到灾除康复后，
重挥椽笔写华章。

刘卉娟女士，是诗、书、画俱佳的学者，不幸身患带状疱疹，非常痛苦，住进医院。予往医院探望，并奉俚句以慰之。亦为其开了中药方。

时在2015年5月24日。

喜收高徒

老夫门内又添生，
四位高徒大礼行。
薪火相传传不息，
后来居上巨旗擎。

2015年5月27日，在河南中医学院第三附属医院领导安排下，又收四位高徒，他们是段玉环、马林、臧云彩、谢秋利。在拜师仪式上，他们行跪拜大礼，献茶献花，非常隆重，予感而赋诗一首，以作誌念。

湖边观新荷

湖中荷叶正青年，
勃勃生机映碧天。
偶有蜻蜓飞款款，
风来吹拂动清涟。

2015年5月31日，农历四月十四。郑州市紫荆山公园湖内荷叶，正处于青年时期。予观之，非常欢心，根据当时所见，遂口占一首。

病轻出院返家

丹毒高烧势太凶，
而今忽又老来红。
医生急治亲人助，
喜笑还家午饭丰。

我今年八十六岁，于2015年6月5日下午，突发寒战高烧，体温40摄氏度。急往河南省人民医院老干部病房，发现右小腿胫内侧大片丹毒，经治疗好转，于2015年6月9日上午出院。丹毒余毒未尽，在河南中医学院第三附属医院继续用青霉素治疗。在患病期间，对于家人和亲友、学生们的关注，我非常感谢。

端　午

欣逢端午话题多，
忍读离骚忆汨罗。
竞渡龙舟含古意，
香囊雄酒避邪魔。

时在2015年6月20日，农历端午节。

夏 至

夏至阴生短日多，
天时之道总无讹。
易来雷雨江河满，
三伏炎蒸暑气苛。

2015年6月22日夏至。虽然“夏至一阴生，是以天时渐短”，但正当“三伏”之时，天气非常炎热，同时雷雨天气也多，时有“台风”袭来，造成灾害。

赞程伟华

根深叶茂德才优，
立志高标有大谋。
百万雄兵胸内运，
滔滔江海涌奔流。

伟华女士系老红军程寿连之女。现任河南中医学院离退休老干部工作处书记。德才兼备，堪称巾帼豪杰，赢得广泛赞誉。

贺臧云彩工作调动

喜君调入长沙室，
无限光明眼界开。
多下苦功天不负，
定成大器展雄才。

我的高徒臧云彩，由河南中医学院第三附属医院选调至河南中医学院伤寒教研室从事教研工作，这是一个高起点，值得庆贺。云彩医师品学兼优，是一位名副其实的铁杆中医，慕名求诊者日众，名声大振。

观荷即兴（一）

板桥平卧碧荷间，
来往游人带笑颜。
叶自圆圆花自放，
阴晴风雨总安闲。

时在2015年6月28日，农历乙未年五月十五。郑州市紫荆山公园湖内荷叶荷花皆茂，观赏者甚多。为了方便游人近距离观赏，在湖中间架了长长的木板桥，并有围栏，真乃人在荷中，荷在人边，水中金鱼游动，摄影者、垂钓者，各有所乐。

未见莲花仙子

今年仙子未临池，
何故隐身未得知。
美丽荷花依旧样，
深闺静守可相思。

紫荆山公园湖内，每到荷花开放之前，汉白玉雕的莲花仙子，皆被安排立在相应位置，非常协调好看。今年却不见她的踪影，不禁慨然。时在 2015 年 6 月 28 日，农历乙未年五月十五。

赞河南中医学院中药标本室

药材标本分干湿，
栩栩如生展丽姿。
当代神农施绝技，
长年春色世称奇。

河南中医学院中药标本室，科技人员积累了很多宝贵经验，配方独特，尤其是水剂标本更具特色，长年不走色、不变形，形色如生，便于教学。外地同仁来此参观，无不啧啧称赞。

贺河南中医学院新图书馆落成

一

图书新馆势巍峩，
藏古纳古融百科。
知识殿堂深似海，
取之不尽更增多。

二

中医学府踞神州，
人杰地灵步上游。
馆内图书山样富，
珍稀孤本占鳌头。

河南中医学院新图书馆，同新校区校舍先后建成。坐落在大楼之前，仲景广场之西，天一湖之滨，气势宏伟，内涵较大。图书品种居全国同类图书馆的前列，给广大师生提供了宽阔的阅读空间和平台。更可贵的是，馆内藏有许多珍稀和孤本书，列入国家要目之中。

时在 2015 年 7 月 10 日。

自嘲行迟

双腿沉沉如灌铅，
路行难似上青天。
只怜总是落人后，
幸喜还能在鳌前。
扶树小停姑驻足，
看山兴叹羡龙鸢。
杏林日涉成佳趣，
云卷云舒任自然。

我今年八十六周岁，年龄不算大，但走路双腿沉困，走得很慢，力不从心。想当年从教时，多次带领学生上山采药，可以说河南名山我皆登过，而且登顶过。现在只能望山兴叹。杏林是中医的代称，我虽年老，但不糊涂，还能坚持每周三次门诊和家诊，故曰“杏林日涉成佳趣”。这首诗曾被我的学生徐泊涛传至江西九江诗人，他们伸指称赞。

时在2015年7月5日。

观荷即兴（二）

碧荷茂密水平桥，
君子高风品格昭。
蝉噪枝头声自远，
人同景物共逍遥。

满湖春荷，非常喜人，君子是荷的美称。周敦颐在《爱莲说》中曰："莲，花之君子者也。""蝉噪枝头"句，一方面说明确有蝉在枝头鸣叫；一方面说明湖中荷，远近闻名，有"居高声自远，非是藉秋风"之意。

时在 2015 年 7 月 14 日，农历五月二十九。

夏晚游园偶成

欣逢夏日晚风凉，
缓步园中眉宇扬。
飞鸟入林寻宿急，
儿童嬉戏捉迷藏。
花香不问来何处，
人出当归去有方。
气爽神清闲坐久，
万家灯火已辉煌。

时在2015年7月21日，农历乙未年六月初六。是晚天气比较凉爽，微风拂拂，是夏月难得的气候。吾去近处经纬广场（小公园）散步，因为天气凉爽，所看景物，都令人心情愉悦。

赞卖西瓜农民

街头辛苦卖瓜人，
送上清凉日日新。
夏日炎炎如降火，
天然白虎可生津。

白虎汤是中医方剂名，功能清热生津，解烦渴。人称西瓜为天然白虎汤，夏季吃下，顿觉清凉。因此，夏季西瓜是家中必备之品。

观大街行人有感

茫茫人海不停流，
各有心思各有谋。
欲问诸君何事在，
又因陌面即时休。

2015年7月24日，下午外出，观街上人流车流，连绵不断，料他们各有所为，各有事在身。这就是社会一些群体。如果没有他们，社会又将会如何呢？

赶临时早市有感

早市为何无定踪，
只因聚集碍交通。
民心民意民需事，
合理安排中不中。

经一路早市已有20多年，购销两旺。因妨碍交通，影响市容，遂被取缔。卖菜者自发找个地方继续买卖，但位置比较偏远，人们为了买到称心菜，还是不远数里而来。据说这个地方也不能持久。我觉得不能因噎废食，可以规划一个地方，加强管理。中不中，是郑州当地口语，是行不行的意思。

贺同人著作出版

名医还得是明医，
成竹在胸何所疑。
仁术仁心除疾患，
春回大地杏林曦。

何华主任医师，医文并茂，编著《中青年临床家丛书》已出版，颇受医界欢迎，特奉诗贺之。

贺我弟连捷八十五寿辰

吾弟今天八五辰，
此时相见倍相亲。
同床同被忆童事，
兴业兴家成老人。
三碗糟汤热似夏，
一炉炭火暖如春。
唯期百岁重来贺，
笑对南山共饮醇。

我弟生日是农历十月十五，今年已八十五岁。我特从郑州回来祝贺。诗中“三碗”和“一炉”句，记得在20岁左右，除夕晚上烧一炉炭火，全家取暖守夜，其乐融融。当时我出了一个下联句“一炉炭火暖如春”，我弟想不出对句。过一会儿家人端来糟水（这是我当地的习惯），我弟见景生情，即对上联“三碗糟汤热似夏”。时隔六十多年，回忆起来，宛如昨日。故诗中拈来此句，很有意义。一方面思昔，一方面传后。

暑日临湖观荷

暑日炎炎看碧荷，
汗如泉水入清波。
翻飞白鸟自来去，
君子亭前欲放歌。

时在2015年7月30日，农历六月十五，下午4点钟，去紫荆山公园湖前观荷。“君子亭”是公园为了配合高洁的荷，今年在湖不远处，修建竹亭，共有大小三个，亭畔小桥流水，有亭有荷，非常高雅。因周敦颐称莲为君子，故此命名为君子亭。我不仅吟诗还摄了像。

念亡去儿时诸同学

儿时同学皆亡去，
唯有老身尚健存。
他日冥间能聚读，
重温子曰拜师尊。

我今年已八十六周岁，忆童年读私塾的同学，皆先后亡去，不禁怆然。很想念他们。若他日在阴间，重聚一堂，共读“子曰，学而时习之……”，共同拜见老师，岂不乐乎。

贺河南中医学院更名为河南中医药大学

更名大学梦终圆，
载入神州史册传。
桃李成蹊春倍暖，
园丁沐雨德无偏。
岐黄源处龙飞起，
仲景门前志愈坚。
回首当年思绪涌，
沧桑巨变看今天。

河南中医学院更名为河南中医药大学，已获高票通过，喜讯传来，全校上下，一片欢腾，我亦乐不可支，特奉诗一首，敬之贺之。

时在2015年10月。

竹林间偶成

园内竹森森，
通幽曲径深。
迎阳冲宇汉，
昂首敞胸襟。
雾曲摇清影，
风来响雅音。
临溪亭小坐，
恍若入禅林。

郑州市人民公园，是远近闻名的老园。园内大片竹林，林间小道纵横，有门楼，有亭台，有小溪，有高岗，我常来此处休闲。

贺中品堂开业

美也壮观中品堂，
国医国药尽良方。
为民蠲疾人心乐，
事业辉煌名远扬。

中品堂国医国药馆开业典礼，即席赋诗一首，以表祝贺！

憎蚊

蚊虫虽小害非轻，
吸血还能使病生。
肆虐凶凶无忌惮，
若逢消杀命全倾。

夏季蚊虫很多，性善叮人吸血，并能传染许多疾病，若防护不周，即受其害。消杀属于杀虫气雾之剂，专门用来消灭它们，有防疫部门用的大面积消杀，有家庭用的小型消杀。此外，诗中尚有一种寓意，无须明言。

赞钧瓷

禹钧堪谓气高庞，
多彩多姿震万邦。
奇特配方加垕土，
色从窑变世无双。

钧瓷又称禹钧，产于河南省禹州市（旧称禹县）神垕镇，是宋代官窑之一。其独特配方，融入神垕土中，经过艺人加工，形态各异，经过高温烧制，色彩不一，它的色彩是突变的，不是人工的，正所谓“入窑一色，出窑万变”，这正是它的珍贵之处，国内只此一家，旧称它为稀有之物，故有“家有万贯，得有钧瓷一件”之美称。也有人说“纵有家财万贯，不如钧瓷一片”，更说明它的珍贵。至于钧瓷更多的高贵之处，还需细听钧窑人的解说。

观荷偶成

今日观荷兴倍长，
花园仙子共凝妆。
人间每有遂心事，
乐得此时水一方。

仙子：用汉白玉雕成莲花仙子，形比人高，非常美丽，是荷花的象征。

贺《善芳楼吟稿》出版

一

青衫红袖兴楼吟，
璧合珠联岁月深。
桃李满园春意暖，
笔耕不辍一生心。

二

寥城高耸一吟楼，
讶世风流盛与周。
携手同心歌大有，
悠哉乐也胜王侯。

盛崇善先生和周百芳女士，退休前均是学校教师。他们二位博学多才，皆善诗文，尤其百芳女士精于音乐，谱曲填词是高手，人称女状元。他们二位是对老鸳鸯，比翼双飞，名震吟坛。所住的楼就叫善芳楼，是名副其实的夫唱妇随，珠联璧合，故奉俚句以美之。

赠徒弟学满返家

同诊半年转眼过，
学而不厌贯全科。
今朝惜别欣然去，
大道岐黄任放歌。

段玉环主任医师，在焦作市医院工作，年近花甲，学验俱丰，仍来我室学习，并拜我为师。为了学习方便，在郑州租房居住。学期已满，依依惜别。她这种学而不厌的精神，实在感人。

时在 2015 年 8 月 21 日。

赠病人（一）

高山雪后着银装，
明月清风相互彰。
消去烟尘天朗朗，
木兰跨马返家乡。

患者白洁，女，48 岁，属马。乳腺癌术后近两年，意志坚强，精神饱满。给予中药调治，情况良好，复查，指标正常。故赠诗以励之、赞之。

时在 2015 年 8 月。

多次观荷

问予何故此来多，
只为湖中有碧荷。
每览朱容心甚乐，
临风久坐返时过。

咏老荷

一湖微雨一湖烟，
荷已衰残空寂然。
才过春风秋又暮，
堪怜不见采莲船。

郑州市紫荆山公园湖泊中春荷甚多，予甚爱之，多次来此，久久观赏。时光飞逝，转眼间又已深秋，荷已老残，不胜感慨。因时间不同，荷的状态也不一样，故有此两首。

写在“9·3”抗战胜利大阅兵的纪念日　三首

一

战胜于今七十年，
已将日月换新天。
笑他几个苍蝇叫，
历史焉能任倒颠。

二

御海挥戈八度秋，
终将日寇作阶囚。
国强民富生之本，
未雨绸缪贵远谋。

三

阅兵阵势甚恢宏，
气壮山河神鬼惊。
继往开来新伟略，
巍然钢铁筑长城。

今年是世界反法西斯战争胜利暨中国人民抗日战争胜利70周年，在这个抗战胜利纪念日里，我国举行了大阅兵的活动。当前日本一小撮反动势力，企图对侵华历史进行翻案，中国人民、日本人民、世界人民是不会答应的。

记住，是铭记往事，开创未来。

时在2015年9月3日。

观老荷即兴

莫云荷老不如前，
难得此时更自然。
莲子盈房成妙品，
灵根结藕味甘鲜。

2015年9月1日，农历七月十九，在郑州市紫荆山公园。此时荷虽成老态，但有另一种悦人之处，即莲子和藕，如人“老有所为”一样。

晚间外出散步

序属三秋晚后凉，
兴来散步任徜徉。
公园出处多情侣，
饭店高声有酒狂。
肩负行囊归者急，
手牵爱犬主人忙。
悠然驻足环观去，
灯火通明夜色茫。

时在2015年9月8日，农历七月二十六。是日晚后天气凉爽，外出散步，见景生情，有感于心，不觉时已晚矣。

赞孙大圣

无畏谁能敌，
争夸大圣孙。
双睛观世界，
一棒定乾坤。
终解除魔意，
诚思报佛恩。
真心成正果，
浩气史长存。

时在2015年9月17日，有感而发。

晚观商店

商店如林各有长，
晚间灯火更辉煌。
繁荣市贸人心乐，
顾客临门鬻货忙。

时在2015年9月18日晚。

贺赵国岑教授收高徒

爽爽金风丹桂香，
济华医馆喜非常。
赵师门下高徒继，
薪火相传更发扬。

赵国岑教授，学验俱丰，医德高尚。又喜收济华中医馆曹雁女士为高徒。既是中医界一大喜事，也是弘扬中医学术的重大举措。特奉诗贺之。

时在2015年10月17日。

欢送宋海伦女士返芝加哥

海伦明日返芝加，
万里云山无际涯。
待到来年春节日，
偕同亲眷再还家。

我的徒弟宋海伦女士，是美籍华人，此次回来探亲，明日乘飞机返回美国芝加哥。拟于明年春节，同丈夫一同回郑，探亲访友。

时在2015年9月21日。

贺河南中医学院中医 75 级同学聚会

群贤毕至话当年，
四十春秋如过烟。
从政从医皆显达，
康庄大道谱新篇。

时在 2015 年 9 月 26 日，农历乙未年八月十四。

登中原福塔

一

福塔巍巍耸，
中原第一高。
黄河如佩带，
邙岭似横刀。
天近休追日，
茎坚胜六鳌。
铮铮钢铁骨，
声像贯宇豪。

二

晴空天朗朗，
福塔更宜观。
四顾群楼小，
无妨放眼宽。

才知天路近，

又觉碧霄寒。

漫步云中走，

频频带笑看。

中原福塔——河南广播电视塔。塔高388米，据说是世界第一高钢塔。集广播电视信号发射、旅游观光、餐饮购物、文化娱乐、名胜展示、会议庆典等功能于一体。

时在2015年10月1日。

追日：古代神话，夸父追日，力竭而死，弃其杖，化为邓林。

六鳌：古代神话中负载五仙山的六口大龟，相传渤海之东……然五山皆浮于海，常随潮波上下往还，帝恐流于西极，……使巨鳌十五，举首而戴之。

漫步云中：是该塔第101层的景观名。

去银行取钱遇休假

乘兴而来却遇休，
空当遗憾转回头。
我能理解君辛苦，
顺祝平安事业优。

郑州纬五路兴业银行国庆节休假三天（10月1日~3日），我恰是3日去的，吃了闭门羹，遂凑俚句。次日前去办置业务，将诗奉上，营业员看罢，加以称赞。这是我的心情。

赞公交车车长

盆花摆放驶台旁，
顿觉温馨兴倍长。
一路和谐一路乐，
热心车长语周详。

2015年10月4日上午9时30分许，我从河南省人民医院门前，乘坐101公交车外出。车长是位女士，态度和蔼，语言亲切，而且在驾驶室周围摆放许多盆栽花草，使人心情大悦，遂赋诗一首。因车急于向前行驶，我忙于下车，未能将诗奉上，特亲自将诗送到调度室。但乘车时忘了问车长姓名，深感歉意。

咏郑州市人民公园老槐树

蔚然深秀挺新姿，
槐角盈盈结满枝。
树干如峰存古意，
沧桑世事任由之。

郑州市人民公园南门内有一老槐树至今已一百六十余年，仍枝叶繁茂，槐角累累，非常壮观。2015 年 10 月 5 日槐荫下。

观老荷即兴

荷叶斑斑又破残，
一湖烟雾一湖寒。
忽逢投放鱼千万，
自在悠游共合欢。

2013年10月6日予在郑州市紫荆山公园湖畔观荷。此时荷已老矣，叶不但斑点很多而且破残。予久坐湖边，正在思后两句文时，忽运来很多袋杭州瘦西湖养殖的观赏鱼，即投放于湖中，鱼得水甚欢，游人也欢。故遂得后两句，也可谓见景生情。

观新月即兴

如眉新月一钩弯，
京兆此时亦汗颜。
是否嫦娥抬望眼，
遥遥天外看家山。

京兆：即张京兆，《汉书·张敞传》“为妇画眉”。
时在2015年10月9日，农历八月二十七凌晨。

寒露日

寒露果然气转寒，
逍遥外出觉衣单。
菊花初绽秋光里，
闲看苍苍芦荻滩。

郑州市碧沙岗公园池塘内有很多芦苇。此时菊花尚未盛开，秋天景色已呈现眼前。时在乙未年寒露日。

观广场舞即兴

广场舞队有多姿，
乐奏声声总相宜。
体健心舒元气旺，
何愁寿不过期颐。

郑州市人民公园，有很多广场舞队，多彩多姿，参与者多为中老年人，女性居多。

时在2015年10月11日。

霜降日有感

霜降已临不降霜，
只因气候异于常。
而今虽至严冬日，
难见坚冰入履塘。

现在中原气候有转暖趋势，没有过去严寒，这不仅是我个人有此感觉，许多老年人也有同感。

时在2015年10月24日（霜降）。

谢刘颖颖画肖像

肖像功成太逼真，
工夫还看妙龄人。
如能我自画中出，
长谢刘君付苦辛。

刘颖颖现年17岁，是著名画家、诗人、书法家刘卉娟大师之女儿，性聪颖，勤学上进，成绩优良，后生可畏。主动给我画肖像，我甚感动，遂凑俚句，以作留念。

逛郑州市古玩城有感

今古大观汇一城，
春花秋月各纷呈。
真真假假迷人眼，
犹如当年白骨精。

时在2015年10月。

养生有感　两首

一

身体健康贵自持，
多劳多乐少油脂。
何须无病乱求补，
难得糊涂是上棋。

二

神仙就在我心头，
不去蓬莱跪拜求。
常法阴阳和术数，
自能持满度春秋。

《素问·上古天真论》篇："法于阴阳，和于术数。"
时在2015年10月16日。

开封看菊展

一

又到开封赏菊花，
风姿绰约众争夸。
园丁多少勤和苦，
巧夺天工为大家。

二

开封菊展不虚传，
到此方知别有天。
王母若临心应悦，
蟠桃依样会群仙。

三

晚节黄花更好看，
笑迎冷月与秋寒。
当年陶令情虽苦，
日涉园中心却安。

我多次去开封看菊展，每次皆有新收获。今年同臧云彩先生、谢秋利女士一起前往，虽细雨蒙蒙，但更觉花色清新，心情爽快。时在 2015 年 10 月 25 日，农历九月十三。

观书画展有感

名人字画在名高，
字画名人艺更豪。
能否兼优成上品，
须经历史久澄淘。

俗云：字画有名人字画和字画名人之分。前者字画艺术虽不高，但地位高、名气大。后者相反。但也有既是名人，又书画艺术很高，实属难得。究竟优劣如何，需经历史和后人评说。

参会即兴

貌美心灵又德全，
和谐社会共安然。
中医富有养生法，
世界文明一大渊。

世界中医药学会联合会美容专业委员会第十届世界中医养生美容学术大会在郑州召开。原国家卫生部副部长佘靖同志也来郑参加大会，参加大会的还有一些外国朋友。会前晚宴，非常融洽。即席赋诗一首贺之。

时在 2015 年 10 月 16 日晚。

游园即兴

游园须赏景，
个里趣诚多。
只要心思细，
能闻草唱歌。

2015 年 11 月 1 日游郑州市人民公园，触景兴怀，有感而发。

庆习近平同马英九会面

一

握手言欢夸习马，
共谋大业喜空前。
谁云冰冻难融解，
暖暖春风可破坚。

二

血浓于水一家亲，
六十六年终有春。
虽是阋墙存共性，
高瞻远瞩曙光新。

中共中央总书记、国家主席习近平于2015年11月7日下午同台湾地区领导人马英九在新加坡会面，就进一步推进两岸关系和平发展交换意见。这是1949年以来两岸领导人的首次会面。

咏菊

菊花秋日自芬芳，
笑倚西风凝冷香。
若便杨妃清照在，
知肥知瘦各端详。

李清照，宋代著名女词人，有“人比黄花瘦”句。明代李东阳有咏杨妃菊诗。相传，杨贵妃形体较胖，有唐朝“以肥为美”之说。

回家乡固始县即兴

一

接宇群楼路阔长，
新颜处处闪龙光。
虹桥飞架史河美，
灯海通明夜色茫。
商店如林高品位，
汽车似蚁遍城乡。
而今升级归省管，
全县人民志更昂。

二

人称固如小江南，
鱼米之乡万象涵。
荆楚文风存古韵，
闽台祖地至今淡。

叔敖治水蓼花在，
其濬当年山月谙。
往事如烟垂史册，
故园绚丽永天蓝。

“山月照弹琴”，是吴其濬中状元时的考场试帖诗的题目。时在 2015 年 11 月 26 日，农历乙未年十月十五，我弟连捷生日，特回去祝贺。同时看到了家乡的新变化，忆昔思今，感慨良多。

孙叔敖，春秋楚国令尹，期思人（今河南淮滨县东西，过去淮滨期思均归固始所管，淮滨名为乌龙集，期思名为期思集），那时固始为楚国之地，洪水较多，蓼花满野，经孙叔敖治理，变为良田。所以固始又称为蓼城。

贺张然丁主任医师《治疗肿瘤医案集》出版

杏林日暖漾春风，
征服癌魔志更雄。
至理名言皆圣道，
可师可法妙无穷。

时在 2015 年 12 月 3 日。

贺牛德兴主任医师《治疗带状疱疹医案精选》出版

牛师奇术愈蛇丹，
十斛珍珠又一弹。
紫气东来多瑞兆，
广施恩泽众心欢。

时在2015年12月3日。

致诗人杨宝善

时短未能拜谒君，
空当遗憾内如焚。
红楼研读增吟句，
又一当今曹雪芹。

我此次回固始县，因时间短促，未能到府拜见，甚感遗憾。此前，君赠我《红楼诗词联曲解读》大作。对红楼诗词对联均有“和作”和“又吟”，并有“解读”，入情入微，水平很高。难得！难得！

赞门人

为了病人体早安，
岐黄道上不言难。
仰天一笑心如镜，
甘愿身轻衣带宽。

时在2015年12月22日。

望月兴怀

明月东升如玉盘，
碧霄万里夜漫漫。
人间天上空相望，
寂寞嫦娥守广寒。

2015年12月26日，农历乙未年十一月十五，正值圣诞之夜，月明如洗，非常热闹，而月中嫦娥呢……

参观老槐

又见老槐凌雪霜，
与时俱进不违常。
叶虽落尽枝犹壮，
只待来春再大昌。

2015年冬，游郑州市人民公园，在老槐树前，即兴一首，以抒己情。

看兰考桐树感怀

一

森森桐树望无垠，
难忘当年焦大人。
锁住风沙为要务，
脱贫致富历艰辛。

二

当年兰考最饥贫，
乞讨为生走四邻。
党派恩人焦裕禄，
改天换地一番新。

观鹅梳羽有感

白鹅岸上喜梳妆，
嘴拂羽毛增洁光。
爱美心情同样是，
东施之效又何妨。

2016年1月2日于郑州市人民公园湖畔。

在河南省中西医结合学会老年分会换届大会暨学术年会上讲座即兴

降雨必须天有云，
鹤鸣皋九远声闻。
莫言终岁千般苦，
树树寒梅尽吐芬。

时在2015年12月18日。

贺“上合会”在郑州举行

一

上合成员国首来，
郑州乐得搭平台。
共谋发展同心事，
一路春风万卉开。

二

共褒我国举旗人，
阔步前行倍有神。
春意盎然天朗朗，
生机勃勃物华新。

三

诸多场景美如兰，
如此高标首次观。
上合成员终会后，
永留胜迹万年欢。

2015 年 12 月 21 日下午，参观“上合”组织会场。会场在郑州东区国际会展中心。所有场景，皆符合国际标准。若不是省、市领导安排在一定时间内让市民免费参观，我们是看不到的。参观人流如潮。故此后一首可谓参观“上合”会场即兴。

赞省会郑州

黄河南岸一明珠，
省会当惊世界殊。
今古人文成大统，
中流砥柱展鸿图。

时在 2015 年 12 月 16 日。

凌晨早起

年老体衰已失强，
不能跑步上山冈。
为求室内多清洁，
四点凌晨即起床。

昔年力壮时，早晨跑步，每周大跑一次一万米以上，余则中跑和小跑，一般在四千米至六千米。上山是指带领学生上山采药和劳动等。现仍早起不贪床，打扫室内卫生，是我们必修课。

时在2015年12月18日，时年八十六周岁。

赠老友汪波

冲寒雪后近黄昏，
旧友重逢情倍敦。
握手言欢相问候，
鹧鸪竟又喜临门。

汪波同志是我的老友，此次回固始，雪后去其家，倍感亲切。我回郑州后，他给我寄来一首《鹧鸪天》词作。此诗中鹧鸪句即指此。

赠老友吴为华

君邻校院乐无涯，
日见芳园朵朵花。
桃李成蹊亲手植，
凭窗远眺饮香茶。

为华同志，是固始县第一小学原校长，长期担任教学工作，为国家培养出大批人才。他就住在学校大院内。我此次回固始县往其家叙旧，适逢外出，未能如愿，故奉诗以表心情。

看枯荷有感

梗枯叶败水风寒，
荷老湖中不忍看。
岸上青松依旧样，
浑如一梦在邯郸。

我对荷比较喜爱，从荷的生长、壮、老、已，各个阶段，我皆来此观之。由于季节关系，荷的昔日风采已去，却呈现一派衰败景象。回观岸上青松，依旧苍翠。遂有感而发。

时在2016年1月3日。在郑州市紫荆山公园湖畔。

贺《大河健康报·中医药学刊》创刊

大河高举健康旗，
富国强民增妙棋。
未病先防除隐患，
岐黄道上创新奇。

时在2016年1月。

八十八岁抒怀

漫步杏林七十秋，
而今仍可运医筹。
书田获粟享真味，
香茗清心乐忘忧。
寿比高山须豁达，
学无止境在勤求。
双双儿女成家业，
结发夫妻已白头。

我是1929年人，属蛇的，按虚岁算，已八十八岁。十八岁从医，至今已七十年矣。老伴胡国英大我一岁，仍能一日三餐炊。时在2016年，农历丙申。

读《为了母校的春天》有感

可歌可敬玉玲人，
巾帼英雄自有真。
万苦千辛全不怕，
赢来美好满园春。

《为了母校的春天》是河南中医学院郑玉玲院长写的。从她来校任院长后，所面临的巨大困难，均一一克服，终于成功将河南中医学院更名为河南中医药大学，如此等等，可在本书中得知。她的功绩非常显著。

春日偶成

天蓝云白鹤翔空，
绿水楼台掩映中。
何处笛声飞断续，
香风阵阵万花红。

2016 年春。

立春日偶成

立春之日岁之始，
草木犹眠尚不知。
虽是寒风吹面冷，
有人高唱竹枝词。

时在2016年2月4日，农历乙未年十二月二十六。

立春日即进入农历下一年。按老法计算，立春后生的小孩，就是下一年的人了，十二节气顺序，即正月立春、雨水……

贺许二平同志荣任河南中医药大学校长

花好月圆春意浓，
河清海晏起飞龙。
神农黄帝齐相助，
百万雄兵运在胸。

古云：沧海波平，“黄河水清。”又“海晏河清予日望，与君同作太平人”。

丙申年春节即兴

立春春节两相连，
羊去猴来又一年。
万象更新呈瑞气，
亲朋团聚草堂前。

今年立春在乙未年十二月二十六，故曰“两相连”。

丙申年正月初八，首次坐诊

检点行囊赴战场，
挥戈杀敌斩魔王。
普天同庆人皆乐，
足食丰衣奔小康。

春节虽过，年味犹浓，诗中亦饶有年味，同时也表明同患一起，树立战胜疾病的信心和勇气。

郑州市从今年起再度禁放鞭炮

往岁如雷鞭炮声，
硝烟弥漫雾霾横。
两番禁解随时异，
百姓安危大事情。
崇尚文明宗典雅，
遵循法纪勿偏倾。
重听十载深为憾，
今日出门心不惊。

郑州市禁放鞭炮，直到2007年才解禁。随着时间变化，雾霾逐渐加重。为了百姓安危，于2016年春节再度禁放鞭炮，深受广大市民的欢迎。在上次解禁时，我喜放鞭炮，不慎将两耳震聋，至今已十年未愈。在此次禁放前，每出门先塞两耳，防再次受震。

旧友来访

君临寒舍气增和，
旧友相逢喜若何。
孰料斯时来诊众，
衷肠未叙夕阳过。

旧友著名作家田中禾先生，于丙申年正月初十下午来我家叙旧。无奈因来家就诊人太多，无暇说话，他即告辞，非常遗憾，以待下次再会。

雨水节游园所见

又到初春雨水时，
萌萌草木露新姿。
松针掠地疑修绣，
木笔朝天欲写诗。
舞女婆娑身楚楚，
汲腺浇灌土滋滋。
且行且止且环顾，
旭旭轻风满窗吹。

雨水节系初春之际，天气尚寒，但有一片生机之象。此时木笔花蕊初成，将欲绽放，其形如木笔，个个向上。园工正给花草浇水，游人携子，其乐融融。舞者众，游人多，各得其宜，我恍若置身在图画中。

松针掠地，乃日照松针之影于地，非松针落地也。

时在2016年2月19日。

聚会即兴

今年又聚信阳红，
亲友相逢话不穷。
国泰民安歌盛世，
杯杯美酒醉春风。

丙申年正月十六，应郑州大学李培干、刘克靖两位乡友的邀请，又团聚在信阳红饭店，享精神和美食大餐。

一年二十四节气分属四季歌

一

春水蛰分明雨连，
渐长昼日惠风天。
正当万物发陈季，
几盏新茶醉欲仙。

春三月节气：立春、雨水、惊蛰、春分、清明、谷雨。

二

夏满种至二暑俦，
骄阳似火汗长流。
物皆蕃秀并华实，
顺应天时少病忧。

夏三月节气：立夏、小满、芒种、夏至、小暑、大暑。

三

秋暑露分露后霜，
渐凉天气厚衣裳。
归仓谷物人心喜，
此谓容平事大昌。

秋三月节气：立秋、处暑、白露、秋分、寒露、霜降。

四

四时末季岁将终，
二雪二寒并二冬。
此谓闭藏无内扰，
养生之道贵于封。

冬三月节气：立冬、小雪、大雪、冬至、小寒、大寒。

歌中“发陈”“蕃秀”“容平”“闭藏”等语，皆出自《素问·四气调神大论篇》，详见该书。

一年四季气候变化

四时节气一年年，
风雨阴晴有变迁。
至道唯精非梦幻，
个中奥义待深研。

二十四节气，分属四季，年年如此。总的来说，春温、夏热、秋凉、冬寒。春生、夏长、秋收、冬藏，亦年年如此。但风、雨、阴、晴，变化很多，冷热程度，亦有所不同，可以说是千变万化。其中的自然奥妙和规律，犹待做进一步研究。

赞巡视组

高悬利剑斩妖魔，
宁我山河宁我窝。
任尔多端施诡计，
难逃地网与天罗。

为了惩治贪官腐败，党中央及省市领导下了很大的决心，派出了强有力的巡视组，效果明显。

郑玉玲院长即将光荣卸任

大地春回万卉香，
春风似剪剪新装。
仰天含笑出门去，
继展青囊济四方。

河南中医学院郑玉玲院长，由于她年龄已到不能留任。因她在任期间，在百忙之中抽出时间，也就是每星期日上午来河南中医学院第三附属医院坐诊。卸任后有更多时间为患者服务。故曰“继展青囊”。

写在河南中医药大学挂牌之日

阳春暖暖万花红，
高挂校牌映碧穹。
沧海横流歌伟业，
风云际会论英雄。
含辛茹苦增奇志，
承古拓今偿素衷。
再入深空探广宇，
摘星揽月建新功。

时在2016年3月10日。

早春游园

初醒草木日迟迟，
绿柳堤边缠挂丝。
湖水参差舟缓动，
一园烟景美如诗。

2016年3月12日，农历丙申年二月初四，正是早春之时，喜游郑州市人民公园，触景生情，即兴而作。

自 乐

诗书常读养神情，
医术疗人贵在诚。
悦耳琴声操不倦，
心无愧事一身轻。

第一句写书乐，平生读书写诗；第二句写医乐，以“大医精诚”为目标；第三句写琴乐，我喜拉二胡以自乐；第四句写心乐，从未做亏心事，心常泰然。

时在2016年3月12日。

追念友人百岁诞辰

工书裁句伴南窗。
百岁雷声水一江。
君去泉台仍笑乐，
亲朋围坐酒盈缸。

雷雲霆先生生于1916年，卒于2006年。生前笔名南窗学子。著有《南窗学子诗选》，今逢百岁诞辰，予感慨良多，常展视墨宝，以慰亡灵，特奉俚句，作为百岁祭。

时在2016年9月。

静坐雅香室有感

炉烟缭绕气清香，
悦耳琴声古韵扬。
息念方知空色相，
此时恍若到禅房。

丙申年春，应邀去郑州东区 CBD 天下收藏北区 2 楼“香境”展室参观，入“雅香室”静坐，室内香烟缭绕，琴声悠扬，恍入仙境。

春日游园（一）

满园春色景无边，
歌舞纷纷伴管弦；
缓过溪桥环小岛，
渐趋佳境渐知玄。

2016年3月19日（星期六），农历丙申年二月十一。是日也，天朗气清，惠风和畅，樱花盛开，绿柳初黄，等等，游人如织，歌者舞者甚多，非常和谐，也是盛世的一种景象。

理发后

春风满面喜洋洋，
理发如同去草荒。
虽欲冲冠生大怒，
光头怎可任疯狂。

我到老年，每次理发，留得很短，如同光头，觉得很轻快。

怒发冲冠，夸张描述盛怒之状，《史记·廉颇蔺相如列传》：“相如因持璧却立，倚柱，怒发上冲冠。”宋代岳飞《满江红》词：“怒发冲冠，凭栏处，潇潇雨歇。”

见晨练者有感

人与人间体有差，
老而无病即仙家。
心宽锻炼勤劳作，
莫被浮云把眼遮。

我到人民公园，见到许多人锻炼，其中有两位老人，动作非凡，令人惊叹。一次见一老者练剑，年已七十五岁，身轻如燕，可以单腿向上与头齐，可以双腿劈叉。剑在手中，上下翻飞，如行云流水，令人赞叹不已。今观一位老者已七十三岁，可以倚树倒立良久，双腿可以劈叉，亦令人赞叹不已。此二老，我皆亲自问其年龄。

贺著名画家鲍国增先生巨幅画作

鲍君力作谱新篇，
宾馆会堂壁上悬。
含义多多须解读，
壮哉祖国永春天。

此8.4米×5米的画作《祖国万岁图》是鲍先生独自设计，没有画稿，仅用六天时间，即完成这幅巨作，挂在河南黄河迎宾馆会堂正墙上，非常壮观，而且寓意深邃，解读后方得其详。我观后精神为之一振，不禁心呼祖国万岁！鲍君神笔！

观紫荆花

紫荆未叶却先花，
灿若红云映日斜。
为爱奇姿相对坐，
不知时晚忘还家。

郑州市紫荆山公园，紫荆树很多。蕊满枝，花初放，别有风采，观者甚众。

时在2016年3月19日。

看室内字画有感

满墙字画尽名流，
日日观之兴不休。
百岁光阴驹隙过，
莫因小事乱心头。

我很爱字画，室内墙上满挂。而且不断变换，使人有常新的感受，之所以多挂，是为了自我欣赏，自我快乐，如同小展室。

春日游园（二）

满园俱是看花人，
各有风姿各有神。
蜂蝶为何犹未至，
应知时已正阳春。

时在2016年3月29日，农历丙申年二月廿一。此游园内诸花开放，非常好看，但天气尚寒，未见蜂蝶飞来。

观海棠花

一

海棠花树树，
别样有奇姿。
恍若临仙境，
欣然读石诗，
游人开口笑，
飞鸟闹枝嬉。
莫道吾年老，
心同壮年时。

石诗：是园内小院路上石面镌刻许多咏海棠的有关诗句，相映生辉。

二

或行或止观海棠，
不言含笑对斜阳。
恐无入夜烧高烛，

时有香风出短墙。
占尽枝头凝丽色，
惜临春老褪红妆。
一年好景莫虚过，
路上林间来往忙。

郑州市碧沙岗公园，植有多株海棠树，每到春季；其花盛开，加上人工安排，更显艳丽多姿，游人甚多，心旷神怡。

烧高烛：苏轼《海棠》诗："只恐夜深花睡去，故烧高烛照红妆。"

时在 2016 年 3 月 31 日，农历丙申年二月二十三。

郑州市人民公园看牡丹

郑地观花想洛阳，
洛阳久是牡丹乡。
人称富贵犹怀宋，
亭曰沉香总忆唐。
莫道松苍同柏翠，
须夸魏紫与姚黄。
年年岁岁春风里，
几许流光靓丽妆。

洛阳牡丹，素有盛名。特别是当今科学技术不断发展，品种不断增多，花色也特别好看。前些年我多次去洛阳看牡丹，至今记忆犹新。今在郑州市人民公园看牡丹，不禁想起洛阳牡丹的美好景色。

宋：指宋代，宋代周敦颐《爱莲说》：“牡丹，花之富贵者也。”

唐：指唐代，唐代李白《清平调》：“沉香亭北倚阑干。”

咏洛阳王城公园牡丹仙子

牡丹仙子降王城，
久住年年不欲行。
酥手撩衣心至静，
笑容满面口无声。
六宫粉黛皆呈艳，
绝代英姿别有情。
饮露夕霞天未老，
清风明月娱平生。

时在2016年4月9日，农历丙申年三月初三，正是牡丹盛开期，我携老伴和女儿一起去洛阳王城公园看牡丹，甚是好看，用汉白玉雕的牡丹仙子长期立在园中，神态飘逸，故作是诗以美之。因为她是牡丹仙子，写诗要把握好“花”和“仙”这两个方面，既不能“俗”，又不能“妖”。

贺刘茂林教授新书出版

郁郁葱葱美茂林，
蔚然深秀似山岑。
一方一药有心悟，
至要至精无俗音。

刘茂林教授是河南中医学院（现改为河南中医药大学）金匮教研室主任，国家级名老中医，也是我大学的同学，此次出版《中医新方解》，内容丰富，新颖独特，尤其突出“新”字，开人心扉。

春日雨中游园观钓

蒙蒙细雨入青苔，
柳绿桃红不费猜。
静立湖边观钓者，
鱼儿被诱实堪哀。

2016年4月6日下午，农历丙申年二月二十九。是日细雨蒙蒙，时下时停，空气清新，予乘兴游园，领悟颇多。

咏蒲公英

素负英名原野生，
常同小草共枯荣。
莫云卑贱有奇效，
疗毒通淋热可清。

我外出见蒲公英生长很茂盛，也是我常用的药，不禁有感而发。时在2016年4月11日。

贺河南片仔癀国医国药馆开业庆典

国医国药不寻常，
遐迩闻名片仔癀。
泽惠人民谋福祉，
和谐社会共安康。

时在2016年4月23日上午。

赞郑州绿化

绿树浓荫合，
宜人更悦心。
风高鸣雅韵，
叶茂隐飞禽。
道路从容过，
楼台掩映深。
生存常得护，
昂首气森森。

郑州原绿化基础较好，随着城市发展，绿化也随着发展，大小公园星罗棋布，尤其行道树，非常宜人，是名副其实的绿化城市。

郑州一日游

一

黄河堤上路宽平，
绿树森森满眼横。
好友开车同玩赏，
此身宛在画中行。

二

午餐野味愈珍馐，
坐看黄河水自流。
直往庄园康百万，
如同瑰宝耀神州。

2016年4月30日，应友人吴郑成先生邀请并有河南中医药大学教授杜彩霞教授、我老伴胡国英和女儿登荣一同坐吴先生亲自开的汽车，沿黄河南岸大堤缓行，边走边看，观河赏景，一路树木茂密，一望无际，途经花园口（1938年扒口处）。中午在黄河岸边餐馆就餐，饭后仍由吴先生开车，直往巩义市康百万庄园参观。

初夏雨后外出

雨后新晴四月三，
青青杨柳映澄潭。
楼台如洗斜阳里，
蝴蝶花间恋正酣。

2016年5月9日，农历丙申年四月初三。雨过天晴，焕然一新，乘兴外出，精神爽快。

讲座即兴

群贤齐聚术求良，
避短扬长读典章。
医海无涯虽淼淼，
乘风破浪在于强。

2016年5月12日下午，在河南省中医院学术讲座，有感而发，以期共勉共进。

观榴花

榴花似火映朝晖，
飒爽英姿立翠微。
笑对游人浑不语，
翩翩蝴蝶任留飞。

时在2016年5月22日，农历丙申年四月十六，郑州市人民公园，榴花盛开，游人驻足观看，纷纷摄像。

咏老槐树

老槐犹壮古风存，
长寿赢来人敬尊。
枝叶低垂无折损，
年年大秀绚乾坤。

时在2016年5月23日（星期天）于郑州市人民公园老槐树下。从树上挂牌得知，老槐树树龄已八十七年了，此前我曾写过很多有关此老槐树的诗，今从老槐树很受人尊敬的角度写，我观老槐树，虽枝叶低垂，举手可得，但却无人折损。

又同韵一首

种槐人去树犹存，
百七高龄胜至尊。
毓秀钟灵涵浩气，
乐同松柏立于坤。

附：刘卉娟女诗人和作

枝叶停侗百代存，
沧桑阅尽寿仙尊。
绿荫覆被人间路，
无限生机在厚坤。

赠马丽教授

马奋神蹄快似飞，
丽明天气更增威。
担当重任履全责，
赫赫勋功放异辉。

马丽教授在《大河报》任职，工作认真，成绩斐然，以马丽名字冠顶（藏头）为诗。

冬青花

树树冬青花放香，
随风阵阵任飘扬。
虽非富贵赢春色，
却有浓荫一片凉。

多年来，郑州市行道树多植冬青，冬青具有荫浓无害和四季长青的特点，很受市民欢迎，冬青又名冬青木，系长绿乔木，每到夏季满树盛开密集的青白色小花（聚伞花序），清秀宜人，其子名冬青实，可作药用。

再游郑州·中国绿化博览园

六载重游绿博园，
如诗美景妙难言。
风情风貌汇群秀，
国际国中探本元。
名木奇花天色映，
流泉飞瀑水声喧。
愿来此处享真乐，
可启心扉可涤烦。

该园开园迎宾一个月后（2010 年 10 月），予来游赏，有些景观，尚未完善，但已很美，园内有很多国内国外有代表性的景观，皆仿真于此，让人观之，如临其境。因该园离市区较远，故时隔六年才来。园内诸多景观，非常完美，让人有流连忘返之感。

老槐树（二）

满怀壮志总精神，
岁月沧桑独得真。
仙董不来空怅望，
无婚相约证何人。

丙申年五月初六在郑州市人民公园老槐树下，观赏一番。兹从老槐树给七仙女和董永证婚故事的角度来写的。

看他人坐过山车

年老体衰两眼花，
无缘乘坐过山车。
旁观盛赞诸君勇，
电掣风驰如滚瓜。

时年八十七岁。过山车是刺激性较强的一种游乐活动，限于个人年老，无缘乘坐，只是望车兴叹而矣。

赞园艺工人

每曰园丁最可亲，
埋头苦干太艰辛。
年年日日常如此，
巧夺天工处处新。

2016年6月10日，在人民公园见园艺工人正在忙碌，装点景观，非常辛苦。

郑州市经纬广场整修后

经纬广场又一新，
景观处处总宜人。
高高密密林如岱，
浅浅平平草似茵。
栏外修篁常静谧，
花间蝴蝶任逡巡。
欲求体健心康乐，
来此休闲可养真。

郑州市经纬广场，园虽不大，但很别致，供附近市民休闲。为了进一步美化，推陈出新，停止游园，经半年整修，面貌大变，焕然一新，重启开放，游人如织，或赏景，或聊天，或休闲，各有所乐，优哉游哉!!

时在2016年6月15日。

荷前留影

游园赏景乐无穷，
缓步湖堤日尚东。
静立荷前留个影，
长随君子沐清风。

君子，指荷。我晨后游园，欲求一新，荷前留影，更有意义。

父亲节有感

一

母亲节后父亲连，
儿女双双设酒筵。
但愿人间都幸福，
平安道上享天年。

二

双亲节日不同天，
个里深涵堪细研。
饮水思源毋忘本，
存良除莠护心田。

2016年6月19日（星期天）是父亲节，此前5月8日是母亲节，两个节日，我和老伴都参加了，她八十八周岁、我八十七周岁，儿女双全，其乐融融。

庆祝中国共产党成立 95 周年

九五周年庆党辰，
开天辟地历艰辛。
理遵马列为基石，
不忘初心永创新。

时在 2016 年 7 月 1 日。

庆祝长征胜利 80 周年

昔日长征路，
今朝幸福源。
深谋能远虑，
祖国永昌繁。

时在 2016 年。

子非源内即兴

子非源内景奇丰，
灿烂文明大不同。
逆叶满湖新雨后，
曲栏深处画楼东。

子非源是白先生兴建的，予应邀前往参观。院内有很多奇石和精雕细刻的大型玉器等。很多奇花异木，有的已果实累累，更可喜的有几个连接的大湖，湖内荷叶、荷花正茂，雨后天晴，格外清新。予在板桥曲栏上，照了许多照片。同时，又环湖岸游览风景，如鹿、鸵鸟、孔雀等养殖场，我还亲手拿树叶喂鹿。源内还有几座酒楼，古色古香，非常精致。晚间同友人在此聚友，我首次品尝孔雀蛋，该源在郑州107辅道过连霍高速北两千米，郑州市鱼场附近。

赠病人（二）

赛事虽多总有声，
红旗高举迈前程。
英雄本色大无畏，
克险攻坚伟业成。

患者赛有声先生，患左肾癌经切除术后，又经予用中药调治，效果较好。予即赠诗一首，以期帮助他进一步树立战胜疾病的信心。过了一段时间，他拿来他哥哥赛有才先生的赠诗，并说他哥哥是郑州市诗社的主编。其诗云：

暖日清风满杏林，奇珍本草正逢春。儒医至大施神手，敢教岐黄定再新。

他特请书法家郭永群先生书写并装裱成幅，予甚感之。即回赠一首，名曰答有才先生。

才高八斗冠吟坛，只慕英名未识韩。何日西窗同剪烛，仰观明月共凭栏。

2016年10月，有声先生和其女儿若思一起来我家，贵客临门，非常高兴，即兴奉致一首。

凡事行前须有思，方能周到少差池。德才兼备声名远，骏马奔腾一路驰。

诗的第三句，“才”和“声”，是指若思女士，兼有其伯其父的才华。

咏小花

公园多处小花香，
红白蓝黄各自芳。
蜂蝶眼中无贵贱，
纷纷来此纷纷忙。

时在 2016 年 7 月 3 日。

冬青树初果

冬青花后子初形，
叶底青青一色明。
待到天寒成熟后，
可供入药效非轻。

冬青初果，其色淡青，到冬季成熟时，变墨紫色或灰黑色，可作药用。它与女贞子是同科不同属的植物种子，两者形状、功能几乎一致，故现今市场上，可以同用。味甘苦，性微寒，入肝肾经。补肾滋阴，养肝明目。

对外省来诊者有感

外省寻医来郑州，
为期药后病全瘳。
交通虽便路程远，
尽我之能作运筹。

时有外省病人，慕名前来就诊，实在令人感动，是否能如愿，我将尽力而为之！

赠门人（一）

喜见园中又一春，
成蹊桃李更清新。
研究文献当高手，
临证功夫要过人。
细雨纷纷酥绿野，
鲜花朵朵灿芳尘。
经纶满腹莫言饱，
济世慈航驶远津。

时在2016年7月10日。

荷的故事

今日观荷兴不多，
满湖叶弱只平波。
得知因系天然故，
待到来年看若何。

2016年7月10日，农历丙申年六月初七，正是荷花旺盛之季。然而郑州市紫荆山公园桥东湖内荷花却大反常态，俱叶薄而弱，只平铺水面，一派败象，令观者大失所望。而桥西边的荷，同往年一样茂盛。予询问园内工作人员，说是今年是弱年，自然规律，予信以为真。过了一段时间，于2016年9月15日，农历丙申年八月十五（中秋节），偶至园中，到湖边一看，却令人惊喜不已，满湖荷叶茂密高挺，荷花盛开。我又询问园内工作人员，他说荷叶茂盛只有十多天，为何如此，他也说不清楚。自思荷前弱后强还是天然缘故。

又步前韵一首

今日观荷兴又多，
叶高花茂罩清波。
弱强先后迟来壮，
总系天然莫问何。

过了几天，又来此处观看，仍茂盛如前，又即兴一首。

荷本一湖水相通，
板桥为界分西东。
兴衰先后各成半，
个里玄机探索中。

自嘲写诗

草草茅茅几卷诗，
只求成句不新奇。
醉翁之意人能解，
总是心声总自知。

时在 2016 年 7 月 23 日。

怒斥南海仲裁案

缘何南海起波澜，
小丑登台肇事端。
胆敢挥拳来犯我，
定教魔鬼作泥丸。

2016年7月12日，菲律宾南海仲裁案仲裁庭，罔顾基本事实，肆意践踏国际法和国际关系基本原则，公布了严重损害中国领土主权和海洋权益的所谓“裁决”。中国政府和中国人民对此坚决反对，绝不接受和承认。《中华人民共和国政府关于在南海的领土主权和海洋权益的声明》，我们坚决拥护。

时在2016年7月13日。

为友人出书题句

共仰名医戴国和，
青囊妙术救人多。
而今桃李满天下，
春暖杏林起赞歌。

戴国和先生是河南襄县的名老中医，也是我的好友。即将出版《中医百讲纪实》，让予为之写序，并作诗一首，以鸣心声。

时在2016年7月23日。

大暑日外出理发

暑气炎蒸似火炉，
人行路上汗如珠。
急于理发仍前往，
悦耳蝉声又可娱。

时当大暑日，即2016年7月22日下午两点半。我虽八十七周岁，步履较迟。但急于理发，仍独自去两华里之遥的理发店。理罢发归来路上，愈发炎热，汗流浃背，听蝉噪枝头，此起彼伏，却令人热中有乐。

贺济华中医馆未来路馆开业

济华医馆又开花，
朵朵奇葩映彩霞。
不忘初心成大业，
岐黄道上阐长沙。

济华中医馆是民办的，具有中医特色，在红专路馆、桐柏路馆的基础上又开办一个未来路馆，故曰“又开花”“朵朵奇葩”。因为它是纯中医，故又曰“岐黄道上阐长沙”。

谢友人赠钧瓷瓶

友人赠我好钧瓷，
熠熠生辉窑变奇。
红色均匀鸡血似，
形如荷叶更多姿。

医药界友人李先生送我一件好钧瓷。名为荷叶瓶。瓶虽不大，但非常好看。色红近似鸡血，旧称“鸡血红”为上品。

窑变钧瓷颜色是烧出来的，并非人为。瓷瓶之所以贵重，也在于此。

赞抗洪英雄

今夏狂风雨水多，
军民团结抗洪魔。
一番苦难一番志，
重建家园复协和。

时在 2016 年 7 月。

荷塘观鱼

鱼戏荷塘乐，
风来水面凉。
斯时心一境，
宛若在天堂。

时在2016年8月1日。

七 夕

年逢七夕异平常。
织女牛郎分外忙。
旧恨新愁全忘却，
长言短语不思量。
人间乞巧人间事，
天上相亲天上庆。
难别依依终别去，
鹊桥再会叙衷肠。

“庆”在此读羌，福也。易：坤卦：“积善之家，必有余庆。”
时在2016年8月9日，农历丙申年七夕。

观西府海棠果偶成

西府海棠树，
盈盈果满枝。
不知能食否，
良久一望之。

西府是海棠的一种名称。我首次见西府海棠结果，非常好看，但不敢轻易摘尝，以防有毒。

试乘郑州市地铁 2 号线感怀

同韵两首

一

兴乘地铁到刘庄，
2 号优于一线良。
应谢臧君持验券，
幸能早日得观光。

二

汽车拥堵盼康庄，
寻得仙方一剂良。
地铁修成多号线，
四通八达郑之光。

郑州地铁 2 号线已经建好，正在试运行阶段，只发放一些“试乘体验券”，让部分市民可以免费乘车。我的门人臧云彩大夫，持有此券，于 2016 年 8 月 12 日下午乘车观光，北至终点站刘庄，即时返回。试乘之后的感受是 2 号线比 1 号线更具人性化。其他地铁线路，正在修建中。

八十七岁兴怀

从医从教历艰辛，
虚度光阴八七春。
沧海水中沉一粟，
岐黄道上起微尘。
病人满堂年年是，
桃李成蹊日日新。
几首庸诗情志抒，
操琴曲曲总怡神。

操琴是说我喜拉二胡，虽拉得不好，但可达到陶冶情操和健身的目的。时在2016年8月15日。

老槐树（三）

日往月来年复年，
栉风沐雨乐陶然。
植根绿野长依野，
昂首青天总喜天。
隐隐笼烟常聚散，
欢欢小鸟任回还。
东君呵护恩情重，
身在人间恍若仙。

郑州市人民公园南门内一棵老槐树，树龄已经160多年了，依然枝繁叶茂。过往游人，肃立朝拜者有之，跪立朝拜者亦有之，更有持贡品专门来朝拜者，都非常虔诚。

公园为了保护老槐树，除安支架外，还修了水泥护栏，非常好看。

游园过绿竹夹道

绿竹夹道气森森，
来此如同仙境临。
湖水清平涵岛影，
柳梢深处有蝉吟。

郑州市人民公园沿湖边一条路，一边有茂密的竹林，沿湖一侧，有竹子、垂柳和其他树木，都非常好看。湖对岸有个小岛。路两边竹子皆已合拢，形成林荫大道，人行其中，如临仙境。待立秋之后，处暑之前，天气尚热，蝉鸣阵阵，悦耳动听。

时在2018年8月20日，农历丙申年七月十八。

自 知

一屏一纸知天下，
荏苒光阴已老身。
方寸之间当勿昧，
誓将洁洁葆青春。

时在 2016 年 8 月 22 日，时年八十七周岁。

乡友相聚

吾友中文会学文，
秦朝餐馆语殷勤。
席间更有钱才女，
共举金杯偿望云。

我的好友陈学文先生，从固始县来郑州办事，邀其同学西中文先生和钱兆玉女士，在秦朝餐馆相聚畅谈，他们都是固始县（在郑州的）名流。席间，口占一首，以作誌念云尔。

望云：这里是指望云霓而言，比喻想望之切。孟子见梁惠王下："民望之，若大旱之望云霓也。"

时在2016年8月23日，午。

赞黄河迎宾馆

黄河宾馆似仙庄，
绿树森森万卉芳。
美景如云观不尽，
归来还觉有馀香。

黄河迎宾馆，原名省委第三招待所，面积较大，是内外环境俱佳的地方，如诗如画，美不胜收。此不脱离实践的夸张写法，给人以遐想。

我爱字画

年老愈知书画亲，
一番欣赏一番新。
满墙翰墨耐寻味，
烟火全无总养神。

烟火全无：指的是上等书画，无有烟火之气。借以赞美我的字画，也是对它们的尊敬。2016 年 8 月 27 日，时年八十七岁。

赞郑州市经纬广场

经纬广场人似潮，
纷来此处共逍遥。
园虽不大堪称秀，
一颗明珠映碧霄。

郑州市经纬广场离我家较近，常来此处徜徉。之所以叫广场不叫公园，我认为是因为它没有具备公园的条件，但也很美，是附近居民休闲娱乐的好地方。

时在2016年8月27日。

傍晚外出散步

老退田园今不违，
常常晚出敞心扉。
偶遇知己多言笑，
一路明灯照我归。

时在2016年8月29日晚饭后，时针指向18点20分，外出散步，边走边看，心情愉快，偶遇老友，一番寒暄。归来已是20点矣。

赞我居住小区

院区不大只三楼，
二十五层高尽头。
树木森森花草茂，
夏凉冬暖电梯由。

我现在居住的小区，只有三座楼，每座楼高25层，有电梯，上下方便。中央空调，夏送冷气，冬送暖气，院内绿化也很好，我愿足矣。

游梦溪园即兴

又来美幻梦溪园，
如入蓬莱索古元。
小坐回廊环顾去，
游人处处有欢言。

梦溪园是郑州紫荆山公园的园中园，园内美景多多，别有洞天，颇具特色。我认为此诗是高一层写法，虽未写出具体景色，但觉内涵较大，耐人寻味，并借游人之喜，以赞该园之美，不知以为然否。因我常来此处，故日又来。

时在2016年9月6日。

迎客人

客自东方远道来，
园中今始桂花开。
推心置腹千千语，
举罢茶杯举酒杯。

张勋忠主任医师，王叟庵文学家，从项城市来。乔厚志医师从商丘市来，相约相聚，非常高兴。诗中桂花开有两个意思，一是对客人的敬重，有“贵客来到花才开”之意，一是当时正是桂花开放的季节。

时在2016年9月6日，农历丙申年八月初六。

咏松柏

园中松柏树参天，
毓秀钟灵享寿年。
纵到严寒冬冷日，
顶风冒雪性仍坚。

松柏有其本性，《论语》：“岁寒，然后知松柏之后凋也。”这是相对而言。我观其岁虽寒，亦不凋败，到春、夏、秋之季，更显苍翠，树龄很长。

咏　鹤

众曰禽中鹤大名，
只因格雅又神清。
昼翔云海超尘界，
夜宿汀州伴月明。
兴至从心高举足，
悠然昂首一长鸣。
不同鸡鹜同争食，
淡淡平平度此生。

2016 年 9 月 8 日，游动物园见鹤而作。

中 秋

中秋佳节庆团圆，
天上人间共得全。
丹桂流香飘万里，
琼楼玉宇映三千。

中秋佳节，天上月圆，人间人圆，故曰共得全。

桂香飘万里：一是月中桂，一是人间桂。中秋时节，正是桂花开放的时候。毛泽东的“吴刚捧出桂花酒”和张九龄的“桂华秋皎洁”的诗句，何等酣畅流利，寓意深邃。琼楼玉宇，是天上人间共有，而人间的琼楼玉宇，是实实在在的。

三千，指三千大千世界，简称“大千世界”。是佛教语。古印度传说中一个广大范围的世界。详见《辞源》和《辞海》该条所解。

庆天宫二号发射成功

天宫二号稳升空，
正值中秋月色隆。
亿万人民心共庆，
桂花酒醉乐融融。

天宫二号空间实验室于2016年9月15日22时04分，在我国酒泉卫星发射中心发射，圆满成功，正是农历丙申年中秋节。“心共庆”就是我国人民既赏中秋明月，更庆天宫二号翱翔太空。“桂花酒”是用桂花浸制的酒，语出屈原《九歌·东皇太一》。毛泽东主席答李淑一《蝶恋花》曾有“吴刚捧出桂花酒”之句。这里桂酒，主要是人民庆中秋和天宫二号升空而欢欣鼓舞，饮酒狂欢。

咏老槐树　二首

一

今岁老槐迥异常，
无花无实不飘香。
枝枝叶叶仍繁茂，
疑是小年歇一场。

二

见槐仿佛见仙人，
每到身前格外亲。
银杏为邻皆古韵，
鲜花作伴总时新。

这是我咏老槐树的续作。银杏是最古老的树种。老槐树身后有很多高大的银杏树，身旁有很多满畦的名花，映衬得老槐树更加美丽壮观。细看之，今年老槐树与往年大不相同，既无花，当然也就无实了，可能是“小年”，故以诗誌之。

谢友人赠物

我室东西乱纵横，
更加患者日频登。
三思转与女儿用，
辜负笼鹅一片情。

乡友西中文先生善书法善诗文，是位才学出众的大师。我常说，他既有状元之学，又有状元之才。状元是指固始县吴其濬，是清嘉庆二十二年丁丑科状元。西先生特意送我一台机器人扫地机。根据我家的实际情况，不宜用此。一是，室内东西较多。二是，每日来家就诊患者较多。鉴于此，机器人扫地机，难以施展其"才华"。细思之，还是转给女儿家为好。故特奉诗一首，深表谢忱，万望西先生原谅！

笼鹅：《晋书·王羲之传》："羲之性爱鹅……山阴有一道士，好养鹅。羲之往观焉，意甚悦，固求市之。道士云：为写道德经，当举群相赠耳。羲之欣然写毕，笼鹅而归，甚以为乐。"

三思：再三思考。《论语·公冶长》："季文子三思而后行。""三"读去声。2016年秋。

赠病人（三）

期颐又二老园丁，
博古通今事业成。
唯愿疾瘳精力壮，
挥毫倾意写真情。

患者吴伯芳，男，1915年6月生，至今已一百零二岁，河南平舆县人。长期从事教育工作。善书法，精诗词，著有《吟墨斋诗书合璧》。于2016年9月23日，来我诊室就医。虽年老体衰有病坐轮椅，但神志清晰。吾为其诊毕开好药方后，又口占一首奉赠，助其早日康复，即所谓“无药处方”。

2016年10月6日，收到吴先生和其子（住在郑州）吴松岩的和诗，如下：

虚度百年朽木丁，谈何学才业功成。
国强民富逢盛世，糊涂乱画随性情。

百岁残夫吴伯芳

2016年12月14日，又来复诊，神情如旧。

其子吴松岩也和诗一首：

大医精诚老园丁，
六要八法有新成。
培桃育李皆圣手，
伏枥民生献其情。

六要、八法是我治疗疾病的经验总结。

看瓜想到的

一年四季许多瓜，
唯有西南各有家。
时令呼来冬可北，
东方犹待美名加。

到目前为止，瓜的品种不少，从方位来说，只有西瓜和南瓜有明确的称呼，据我所知，目前尚缺东瓜和北瓜的称谓。若从时令来说，冬瓜亦可算北瓜，因为冬应北，这样勉强一些。但东方至今未闻有任何名称。

赞河南薄山湖中华医药养生疗养基地

薄山湖本一明珠，
更有中华医药扶。
疗养养生俱特色，
光辉灿烂展鸿图。

薄山湖在河南确山县境内，非常秀美。又于此处建立中华医药养生疗养基地，是锦上添花。2016 年 9 月 27 日在河南五洲大酒店，专家组对该基地进行论证，一致赞成。

游秋园

秋日秋园秋意浓，
人间仙境逸心胸。
小桥流水枫荫下，
三径飘香菊影重。
盆景多姿迎众客，
廊房回转隐深松。
如诗如画如追梦，
一部天书始启封。

秋园是郑州市人民公园的园中园。园内景观很多，盆景是其特色。我曾游过此园。后又经过园中工作人员精心策划，重新修缮，更加美丽多姿。今逢新中国成立67周年之际，对外开放（平时闭园），得以重游。

庆六十七周年国庆

六十七年弹指过，
改天换地好山河。
豺狼虎豹施强镝，
风雨雪霜奠巨波。
世界长林常笑立，
星空大旅万方歌。
时时处处皆佳境，
不忘初心伟业多。

中华人民共和国成立67周年，国家领导人及全国人民热烈庆祝。《人民日报》发表社论《新的起点，新的长征》。

国庆游园

国庆之天游碧沙，
这边风景美无涯。
欲知个里诸多妙，
唯到园中方笑夸。

郑州市碧沙岗公园，非常秀美，有深厚的文化内涵。在国庆期间，“海棠筱苑”，举办盆景展，多姿多彩。其他地方有数百株丹桂、金桂、银桂等，竞相开放，清香四溢。诸多景观，难以尽述，唯到园中观之，方臻其妙。

远方客人来

客自西安来郑州，
倾心谈吐乐悠悠。
内经图蕴佛家道，
茅塞可开可烛幽。

中医大家张效科教授同其夫人张亚民教授，从西安来郑州到我家畅谈，并赠我一幅《内经图》。细观其内容，此非医家之内经，乃佛家之内经也，名同而实异。非常珍贵，当细细玩味。

时在2016年10月3日。

重游嘉应观

廿载重游嘉应观，
一番览赏一番新。
唯尊业绩崇尊实，
只敬英雄不敬神。
赤子凝心方是主，
黄龙俯首永称臣。
至今难忘当年事，
殿宇巍峩浩荡春。

赤子，指人民。黄龙，指黄河。嘉应观位于黄河北岸，在武陟县境内，始建于雍正元年。观内供奉皆是当年治理黄河有功之人，没有任何神仙。

真正把黄河治理好的，还是在中国共产党领导下的人民大众，诗中“赤子凝心方是主”，就是这个意思。

时在2016年10月6日。

雨后园中观菊

雨后园中无垢氛，
篱边黄菊溢清芬。
儿童笑指向何物，
蜂蝶纷纷来往勤。

时在2016年10月8日，农历九月初八。昨天下了一场雨，今日天气晴朗。虽是秋天，但气候温和，非常宜人。公园中菊花，竞相开放，加上人工修饰，更是多姿多彩，令游人叹为观止。

重阳节聚会

又逢重九喜非常，
卫计老人齐举觞。
不忘初心千里志，
夕阳红映菊花黄。

2016 年 10 月 9 日，农历丙申年九月初九。河南省卫计委退休老干部工作处，把老同志召集在紫荆山宾馆团聚，卫计委主任讲话，会后共进午餐。

自咏年老 二首

一

似水年华已老衰，
一生勤恳为精医。
双双儿女发皆白，
幸喜荆妻尚可炊。

二

昔年肤亦似凝脂，
今日却如枯树枝。
一颗红心犹未老，
杏林漫步咏新诗。

我今年八十七周岁，步入高龄老人阶段。虽有许多小疾，但总体来说，身体还算可以。每星期坚持三个半天门诊，来家就诊者亦较多，有累也有乐。老伴大我一岁，尚能做饭、洗衣服等。

赞 秋

四时最美是金秋，
谷物丰登次第收。
更有盈盈瓜果熟，
农家把酒乐悠悠。

一年四季各有所长，我觉得秋季最好，正是“收”的季节。谷物丰登，瓜果成熟，一派丰收景象，什么“春华秋实”，“橘绿橙黄蟹正肥”“开轩面场圃，把酒话桑麻”等佳句，都在描写秋收的景象，岂不快哉！

观老槐树有感

老槐如伞罩征途，
身干不高却壮粗。
多少英雄先后去，
夕阳仍照旧坚躯。

郑州市人民公园南门内路上一棵老槐树，树龄已167年了。树虽不太高，但树冠很大，枝叶繁茂。予立树前良久，慨然兴怀，遂口占一首以誌之。

时在2016年10月18日，农历丙申年九月十八。

庆神舟十一号载人飞船发射成功

神舟十一载人飞，
飞入苍穹壮国威。
探索太空前后继，
天宫进驻启新扉。

神舟十一号奔向“天宫”，我国载人航天再启新程。北京时间2016年10月17日7时30分，执行与天宫二号交会对接任务的神舟十一号载人飞船，在酒泉卫星发射中心升空后准确进入预定轨道，顺利将两名航天员送上太空。这两名航天员是景海鹏和陈冬。景海鹏担任指令长。

在开封龙亭公园看菊展

年年菊展到开封，
版本翻新样不重。
隐逸篱边迎晓月，
荣舒亭畔对云峰。
辛勤老圃添修饰，
赢得游人展笑容。
老伴花前同合影，
苍颜永驻似青松。

中国开封第34届菊花文化节于2016年10月18日开幕。我于10月22日，即农历丙申年九月二十二，携老伴和女儿前去观赏。是日天气阴寒，但未下雨，游人如织，非常尽兴。开封菊展，很有特色，一届一个版本，令人耳目一新。

隐逸：宋代周敦颐在《爱莲说》中云："菊，花之隐逸者也。"

荣舒：是花瓣舒展的意思。唐代李峤咏菊诗："荣舒洛媛浦。"

亭畔：指龙亭之畔。也有"沉香亭北倚阑干"的意思。

云峰：指湖东岸小山丘。

在郑州市人民公园看菊展

郑汴黄花两地芳，
各呈特色奠秋光。
假如陶令今时在，
不叹园中三径荒。

昨日在开封龙亭庭看菊展，今又在郑州市人民公园看菊展。从规模和品种来说，则开封居上，但各有特色，各有千秋。昨日是阴天，今日是雨天，雨中观花，更加鲜洁。

时在2016年10月23日，农历丙申年九月二十三，霜降节。

陶令：即陶渊明。他在《归去来兮辞》中说："三径就荒，松菊犹存。"

秋日观水有感

时维九月水清清，
可濯肌肤可濯缨。
遥想当年人杰者，
长江横渡抒豪情。

正当“潦水尽而寒潭清”的时候，水明如镜，望之神清气爽，心有所思，遂成此句。

初冬晚间游园

明月在天如玉盘，
初冬时节晚风寒。
园中缓步任行止，
喜看苍松老干蟠。

2016 年 11 月 13 日，农历丙申年十月十四晚间，去离我家最近的经纬广场（小公园）散步，东天圆月如盘，非常好看，仰观良久。次日见到《人民日报》报道："14 日晚，一轮特大金黄色月亮从东方升起。当日 19 时 21 分，月亮与地球相距，全年最近……这是 1948 年以来距离地球最近的满月，下次看到这样的超级月亮，要到 2034 年。"这是一次很难得的机遇，被我无意中碰上，幸甚。我想，人生难以见上几次，一是次数太少，一是若逢阴雨天亦难见芳容。我此次巧遇，非常难得！难得！！

赞业余豫剧演唱者

湖旁台上声嘹亮，
尽是河南梆子腔。
惊喜乡音听者众，
如歌如诉表衷肠。

郑州市紫荆山公园湖旁亭台，常有豫剧爱好者，聚此演唱，并有乐队伴奏，听者甚多。2016 年 11 月 15 日上午。

观老银杏叶即兴

株株银杏叶如金，
灿烂奇观动客吟。
一片丹心疗痼疾，
源于古法创于今。

银杏叶又名白果叶，有敛肺平喘、活血止痛的功效。现代药理研究，叶含有黄酮类成分，具有扩张冠状动脉及脑动脉、改善心脑血液循环、降低血清胆固醇、松弛支气管的作用。树名白果树，又名银杏树，树龄可达千余年。银杏树每到农历十月前后，叶黄如金，非常壮观，游人纷纷摄像。2016 年 11 月 16 日下午，我不仅来此观赏，亦于树前留影。

赠著名诗人、画家、书法家刘卉娟女士

花香馥馥九芝堂，
卉绽园中喜共芳。
满腹经纶酬壮志，
一腔热血润柔肠。
金瓶普洒仙人露，
玉笔挥成锦绣章。
留得青山心上在，
烟云过后更明光。

刘卉娟大师，斋名九芝堂。其诗、其画、其字，水平很高，我称之为“三高”。平生求实不求虚，潜心做学问，是位名副其实的高人，也是一位品高、志高的学者。虽有些事不随心，但不碍光明前景。

小雪节

小雪之天天降雪，
寒风凛冽乾坤洁。
花飞六出兆丰年，
亿万人民皆喜悦。

2016年11年22日，农历丙申年十月二十三，小雪节。是日天降瑞雪，大地着银装。郑州市区高温2℃，低温零下4℃。

咏新月

新月如钩又似眉，
凌晨四点是佳期。
若逢阴雨雾霾日，
难见芳容空怅之。

2016年11月26日，农历丙申年十月二十七，凌晨。据我观察新月都在农历每月二十七、二十八和二十九，凌晨4~5点在东方出现。

观冬日小鸟

丰衣足食人人乐，
小鸟冬时亦不饥。
任意翻飞迎暖日，
或啼或戏慎安危。

2016年11月26日，我在公园中观小鸟动作，偶成此句。实借鸟以歌盛世也。

贺赵国岑教授八十寿辰

赵氏连城璧美谈，
国医国药有深探。
岑生松柏碧如玉，
教育门徒青出蓝。
授术传经心不倦，
耋年壮志战犹酣。
寿同金石春长在，
乐对南山酒更甘。

此乃藏头诗，即“赵国岑教授耋寿乐”。八十曰耋，耋寿就是八十大寿。赵国岑教授，与我是河南中医学院58级同学，即建校的首届学生，学习六年毕业后，他被分到河南中医研究所（现改为河南省中医药研究院），我留在学院担任教学工作。他从医从科研以来，医德高尚，医术精湛，是国家级名老中医。现仍坚持坐诊，为病人服务。

在生日宴会上，其乐融融，又即席赋诗一首以助兴。

幸福家庭幸福人，国岑教授永青春。
今天共庆南山寿，百岁同来又一新。

时在2016年11月27日午间。

贺固始县陈集镇季氏文化园落成

当今陈集又添姿，
文化园中季氏祠。
殿宇巍峩迎日月，
柏松苍翠影塘池。
幽人香客谈经典，
兰室芝房展画诗。
大敞胸襟舒望眼，
光前裕后永飞驰。

以吾友季草舞先生为首的班子，经过长期策划，终于在季的家乡陈集镇建成季氏文化园。由季氏宗祠、静安墓园、荣祥佛堂、书画展厅、图书阅览、棋牌健身娱乐、水面垂钓等部分组成，也是传承中华文化、传播根亲文化的圣地和亮点。

赠门人（二）

一

功夫不负苦心人，
天道酬勤自得真。
基础坚牢毋悴内，
经风历雨永青春。

二

临证年多心不盲，
为医须得理先明。
长缨在手莫虚放，
缚住苍龙功始成。

此诗，赠予新收高徒马红丽女士，以期共勉。作为一名中医，要理验俱丰，德才兼备，以“大医精诚”为目标而奋斗终生。

楼中远眺

身在楼中览众楼，
盈眸处处似山丘。
夜来灯火明光灿，
映得蓝天星月羞。

我住九楼，居高临下，远近楼群，皆在望中，夜来灯火通明，辉映长空。此乃触景生情，讴歌盛世之意也。

赠友人（一）

二王金竹闪光芒，
共读岐黄宝典章。
三月洛阳花似锦，
多姿绚丽不寻常。

同道尚金先生、竹香女士，皆是教授，皆王姓，又都是洛阳人，系一对老鸳鸯，志同道合，俱是中医的精英，皆已退休，仍悬壶济世。此次专程来我家叙旧，感情倍增。诗的后两句，乃以花喻人也。

时在2016年12月29日。

战雾霾

连天重度雾霾笼，
民众健康受损中。
省会提高红色警，
重拳出击勇歼攻。

今冬以来，雾霾天气持续爆表。12 月 19 日据中国天气网预报，雾霾范围进一步扩大，包括京津冀，山西、陕西、河南等 11 个省市在内的地区，雾霾笼罩。受大雾天气影响，全国近 50 条高速路部分路段封闭。郑州首次启动了重污染天气红色预警，全市幼儿园停课，中小学不停课，但停止户外活动。副省长夜查我市污染重地。为了消退雾霾，从 2016 年 12 月 20 日开始，省人工影响天气中心，组织各地实施人工降雨，截至 12 月 20 日上午 8 时，全省 112 个作业点实施地面人工增雨作业 154 轮次，发射三七弹 2 132 发，火箭弹 471 枚，地面烟条 72 根，省气象台数据显示，20 日 5 时到 21 日 5 时，全省平均降水量为 9. 3 毫米，郑州市降水量为 9. 8 毫米。有人工增雨助阵，风吹雨洗，霾渐消退。郑州市结束了三天的严重污染。

“连天”有两个意思：一是雾霾较重，铺天盖地皆是。二是连续数天，雾霾不去。

赞玉兰花

高雅玉兰不染尘，
一番春雨一番新。
若逢月下添姿色，
羞煞当年杨太真。

郑州市经纬广场（小公园），玉兰树较多，正含苞待放，有的花已盛开。吾观良久，遂口占一首赞之。

时在2017年3月7日。

冬日漫吟

一

寒冬居室享空调，
衣食无忧乐舜尧。
松柏苍苍彰本性，
风霜雪雨总逍遥。

二

院内雪晴梅放花，
竿竿修竹倚栏斜。
骋怀游目心常乐，
任饮杯中酒与茶。

三

信步园中日已斜，
老妻催我应还家。
身虽衰朽尚能饭，
好友时来笑语哗。

居室：《素问·脉要精微论》：“蛰虫周密，君子居室。”意思是说到了冬季，虫的伏藏已很周密，人们深居室内。

舜尧：此有毛主席送瘟神诗“六亿神州尽舜尧”之意，也有身逢盛世之意。

衰朽：唐代韩愈自咏诗：“敢将衰朽惜残年。”

骋怀游目：语出《兰亭集序》。

沉痛悼念省卫生厅原厅长苏挺同志逝世

当年戎马奠山河，
战后兴邦良策多。
含笑九泉无愧事，
高风亮节永师摩。

中国共产党优秀党员、离休干部，原河南省卫生厅厅长苏挺同志，因病抢救无效，于2016年12月29日10时50分不幸逝世，享年94岁。

读诗人刘学志先生近作有感

刘郎今日事无缠，
胜似神仙享岁年。
电器名牌随意用，
阴晴风雨总安然。

时在2017年1月9日。

贺河南中医药大学许敬生教授喜收两位高徒

雪后梅花冷更香，
迎春绽放色金黄。
闻鸡起舞东方晓，
壮志凌云意气扬。

许敬生教授年逾古稀，壮志不减，是省内外知名的文学大师，在河南中医学院（现更名为河南中医药大学）长期担任医古文教学工作，虽已退休，但仍老骥伏枥，壮心不已。今又收两位高徒，薪火相传。

迎春有两个含义：一是梅花（腊梅）迎春开放。一是迎春花，此花亦开放得甚早，色为金黄。

闻鸡起舞：因为再过一个月就是丁酉年。

壮志凌云：一是指许教授“壮心不已”，一是指徒弟正“风华正茂”。

这首诗既含有时令之意，又含有师生共同奋进之意。

时在2017年1月15日。

咏水仙花

一

风清月白水中仙，
飒爽英姿总淡然。
希与洛神常相会，
共同舒目望晴川。

二

风清月白水中仙，
倩影依稀似去年。
含笑案头浑不语，
青衣潇洒脱尘缘。

春节前有位学生赵敏，赠我一盆水仙花，甚感。当即说出“风清月白水中仙”，让其接答下几句成诗，已经春节放假，在未看到答句之前，我先写出两首，有个完整性，也算欢度春节了。

2017 年 1 月 27 日，农历丙申年十二月三十，正值除夕。

春节后，上班时，学生赵敏将其答诗与我看，诗意很好。名曰：凌波贺酒

风清月白水中仙，玉颜黄冠裙绿烟。
凌波含香仙祝酒，与君喜乐福寿绵。

予按旧诗平仄声要求将原诗稍作改动，不知可否，供参考：

风清月白水中仙，玉面黄冠裙绿烟。
含笑凌波频祝酒，与君喜乐福绵绵。

八十八岁自咏

弹指光阴米岁年，
体虽衰减志犹坚。
门前桃李皆繁茂，
膝下儿孙各习专。
翰墨如林增兴趣，
图书似海驾航船。
老妻为饭三餐饱，
抱道岐黄不歇肩。

米岁：我的老家固始县称人到八十八岁为“米岁”，因为“米”是八十八组成。

在郑州碧沙岗公园看梅花盆景展

盆景梅花汇一堂，
名虽各异共芬芳。
幸逢众位林和靖，
不负韶光岁月忙。

此次梅花盆景展，品种较多，有腊梅、红梅、白梅等，使人观后流连忘返，故我在留言簿上写道："但愿年年皆展出，花同游客共欢颜。"

此次梅花盆景展，不同一般，一是梅花本属高雅之品，二是盆景造型独特，二者结合，更显高贵，真乃匠心独具，巧夺天工。

时在2017年2月4日，农历丁酉年正月初八，即立春次日。

早春游园

一

此时虽不万花红，
已有生机动态中。
游客满园皆陌面，
无言缓步小桥东。

二

青帝未抬脚步来，
春寒料峭不须猜。
有情飞鸟常鸣唤，
友好和谐相互偎。

青帝：天帝名，东方之神，又为春神。
脚："阳春有脚"。
料峭：形容春寒。
时在 2017 年 2 月 11 日（星期六），丁酉年正月十五。

信阳红饭店聚会即兴

七年连聚信阳红，
甚谢乡人刘李公。
襁褓婴儿今六岁，
举杯敬酒乐融融。

应知己乡人李培干和刘克靖夫妇的邀请，已连续七年春节后相聚信阳红饭店。他的孙子今年已六岁，非常聪明可爱。我们在吃饭时他举起茶杯，为我们敬“酒”并能说出一套新年吉祥语，大家非常高兴。

时在 2017 年 2 月 12 日，农历丁酉年正月十六（星期日）。

春　雪

春寒今料峭，
大雪竞纷飞。
广野皆银色，
群山尽美肥。
素娥欣起舞，
青帝怯回归。
处处农家乐，
丰年愿不违。

又

乍暖还寒忽若冬，
一场大雪降从容。
蓑翁未及临江钓，
云去天晴水尽溶。

2017 年 2 月 21 日，农历丁酉年正月二十五。此前气温较高，高温已达 22℃。昨至今日，气温骤降，今日零下 5 至 3℃，下午两点半开始下大雪。此次降雪，正值北方冬小麦返青之际，对改善土壤墒情、冬小麦返青生长，比较有利。另外，降雪还有利于净化空气。次日即晴，小雪几乎融尽。

贺河南中医药大学侯士良教授新著出版

侯氏胸中自有真，
宏篇巨著见精神。
古为今用能生万，
扫去浮云满眼春。

侯教授此次新著为《侯士良医药文集》。他既精于药，又精于医，尤精于药。现仍在河南中医药大学第三附属医院坐诊，帮助患者治愈很多顽疾。已出版《中药八百种详解》一、二版两部。今又出版新著，定受广大读者欢迎。

赞玉兰花

高雅玉兰不染尘，
一番春雨一番新。
若逢月下添姿色，
羞煞当年杨太真。

郑州市经纬广场（小公园），玉兰树较多，正含苞待放，有的花已盛开。吾观良久，遂口占一首赞之。

时在2017年3月7日。

谢门人赠四季海棠花

马李光临赠海棠，
依稀秾艳满庭芳，
东风二月多奇景，
春到人间脚步忙。

我的门人马红丽同其夫君李铁峰一起来我家，并赠两盆四季海棠花，满室生辉，遂口占一首谢之，时在2017年3月9日。

满庭芳是调牌名。此借用，有满堂生辉之意。

脚步忙，是“阳春有脚”之意，并有红丽、铁峰忙来送花之意。

自我咳嗽写实

相傅之官职失强，
咳声阵阵有高腔。
每当换季春秋日，
防不胜防即感伤。

我素有咳嗽宿疾，平时较轻。每当换季之际，尤其春秋之季，容易发作。发作之时咳嗽较剧。今又发作，遂戏作一首志之。

相傅之官：《素问·灵兰秘典论》："肺者，相傅之官。"意思为，肺好像辅佐君主治理国家的宰相一样。

时在2017年3月14日。

观紫荆花即兴

紫荆怒放灿如霞，
簇簇枝条尽是花。
惹得游人常驻足，
不教时过负年华。

时在2017年3月22日。

游园赏桃花

桃园非昔武陵源，
树树花明似锦旛。
蜂蝶纷纷忙恋恋，
游人映面笑开言。

武陵源：指桃花源。
忙恋恋：有“蝶恋花”之意。
笑开言：指看花人又说又笑，非常开心。

碧沙岗园内赏海棠花

一

园内海棠正艳秾，
一年一度喜相逢。
春风染得花如锦，
游客纷纷展笑容。

二

三月海棠茂碧沙，
幽香阵阵透罗纱。
虽临月夜清风里，
不卸红妆众口夸。

三

谁点胭脂饰粉妆，
春风得意往来忙。
流连忘返迷人眼，
似入仙乡饮玉浆。

郑州市碧沙岗公园，海棠花甚多，是其园的特色。今年是第九届海棠花节。每届海棠花节，我大多前往观赏，并有诗句。

时在2017年3月23日。

春日游园所见

万紫千红满眼春，
绿虽尚瘦已生新。
纷纷蛱蝶任飞舞，
小鸟声声大悦人。

时在 2017 年 4 月 1 日，农历丁酉年三月初五。

赠友人（二）

一

同根同祖又同心，
中美虽遥贵客临。
两地春风施化雨，
喜看桃李共森森。

二

远隔重洋若比邻，
个中喜有搭桥人。
岐黄道上同阔步，
谱写新章各出新。

杨磊先生，原籍河南洛阳。在美国兴办河洛医科大学，很有成就。此次回郑黄帝故里参加丁酉年拜祖大典。会后，经史先民主席介绍，到王泽民先生兴办的郑州澍青医学高等专科学校，介绍他的办学经验。我有幸同史先民先生和高海修先生，一起聆听讲话。即席赋俚诗两首，以作誌念云尔。

时在 2017 年 4 月 4 日下午。

清 明

清明扫墓忆亡人，
为了家园不惜身。
泪满衣襟归未得，
嘱儿勿忘祭双亲。

今年又到清明节，我在郑州，难以回去给我父母和岳父母扫墓。在电话上嘱老家长子登太代我祭扫。

时在 2017 年 4 月 4 日，农历丁酉年三月初八。

郑州赏牡丹

又在园中赏牡丹，
世称富贵品高端。
年年三月风华茂，
多少游人带笑看。

郑州市人民公园，多年来种植大面积牡丹，名曰牡丹园。花开时，观赏者众，我亦多次来此，并有诗句。

时在2017年4月8日，农历丁酉年三月十二。

读《食林广记》有感

食林广记溯渊源，
承古拓新树一旛。
海角天涯皆美味，
精淳还是属中原。

作者马红丽女士，是《河南商报》首席记者，也是我的爱之高徒。用了五年时间，广搜博采，精心策划，写成此著，是一部内容丰富、不可多得的好书。

观碧桃花

光华夺目碧桃花，
更比桃花可赞夸。
试问何时天女散，
人间洒得乐无涯。

碧桃系落叶小乔木，属于桃的变种，为观赏之花，比桃花更稠密、鲜艳、丰腴，满树皆花，游人观之，甚为喜悦。

观松花偶成

松花蕊小色如金，
簇拥成团禀悃忱。
蜂蝶不来尘不染，
荣枯同共大夫心。

大夫是松树的称谓。《史记》记载秦始皇二十八年巡狩泰山，立石，封，祠祀。下，风雨暴至，休于树下，因封其树为五大夫。《艺文类聚·卷八八》汉代应劭《汉官仪》说，始皇所封的树是松树。后来就以五大夫为松的别名。

洛阳看牡丹　三首

一

今去洛阳赏牡丹，
一车老者共小欢。
年虽百岁犹年少，
花是主人当细看。

二

千姿百态斗芳菲，
国色天香映翠微。
今日新晴云散去，
畦间花雨尚沾衣。

三

洛阳三月牡丹芳，
花满全城映碧苍。
唯愿化为蝴蝶去，
朝朝暮暮嗅余香。

河南省卫计委离退休老干部工作处，组织老干部 50 人，乘车去洛阳中国国花园看牡丹。正当第 35 届中国洛阳牡丹文化节开幕后次日，也正当雨过天晴。该园牡丹品种多、面积大，甚是好看，非常尽兴。

重游金水河滨河公园

三载未来金水河，
长堤景物更增多。
花香鸟语千般好，
云淡风轻万象和。
倒影楼台波撼动，
低飞蛱蝶板敲摩。
林荫道上迟迟步，
缓过平桥看碧坡。

时在2017年4月18日。

参观中原影视城

乘兴同观影视城，
古风古韵有幽情。
穿楼过院不知倦，
汗湿衣襟自在行。

2017年4月23日（星期天），应《大河报》记者马丽女士的邀请同吉新璋先生、刘卉娟女士等，一起去中原影视城参观。该城在郑州市西北部，规模很大，气势宏伟，可适应有关影视的拍摄。是日中午气温较高，大家兴致勃勃，忘记疲劳，由导游同志讲解，感受更多。

题画扇

草堂小坐看春山，
高接云天怪石顽。
好景盈眸观不尽，
微风阵阵到心间。

著名国画家、诗人、书法家刘卉娟女士赠我一把画扇，题目是“春山”，在层峦叠翠、林木森森之间有一座庄园，一位老者坐在草堂，远眺春山。扇的背面写“微风清扇”四个字。吾观后非常开心，遂题此诗于扇上，以作誌念。

戏赠马丽女士、于朝锋先生

马立昆仑毓丽资，
功高八骏尽人知。
于君纵有朝锋志，
不得良驹难显奇。

《大河报》记者马丽女士和中医研究院的院长于朝锋先生，是互帮互助的好同志。

咏新月

平生总是喜新月，
渐长而盈无止歇。
待到凌晨始现身，
东方朝气永蓬勃。

新月都是在农历每月二十六、二十七凌晨，出现在天之东方，弯弯如钩，非常好看，而后渐至满月，周而复始。

时在2017年4月23日，农历丁酉年三月二十七凌晨。

再咏古槐

今日正当四月三，
古槐新叶态犹憨。
身躯虽老雄姿在，
不笑尘间衣褛褴。

2017 年 4 月 28 日，农历丁酉年四月初三，于郑州市人民公园老槐树下。此前我已写多首老槐树诗，故曰“再咏”。

自戒（一）

立志为医当上工，
自骄自满害无穷。
浅尝辄止亦须戒，
扫去浮云见碧空。

时在2017年5月1日。

“五一”游园

节临五一倍精神，
才换夏装总觉新。
钓处常逢垂钓客，
桑园不见采桑人。
轻歌曼舞随风起，
曲径长栏任意循。
难忘当年初始日，
永留纪念永怀民。

五一国际劳动节是1890年7月，巴黎会议定的。新中国成立后，中央人民政府政务院于1949年12月规定5月1日为劳动节。

时在2017年5月1日。

赞青年

青年时代正豪强，
万丈光芒似早阳。
“五四”精神来者继，
担当大任共兴邦。

“五四”青年节，为继承和发扬五四运动以来，中国青年光荣的革命传统，1939年陕甘宁边区西北青年救国联合会规定5月4日为中国青年节。1949年12月中央人民政府政务院正式宣布5月4日为青年节。

贺国产大型客机首飞成功

欢呼国产大飞机，
首次冲天壮国威。
工业皇冠添重器，
震惊世界放光辉。

新华社电：我国首款主流水准的国产大型客机C19，2017年5月5日14时许在上海浦东国际机场首飞成功。中共中央、国务院发了贺电。

赞月季花

月季花开映日鲜，
不趋富贵占时光。
喜看蜂蝶频来往，
别有风姿宛如仙。

时在 2017 年 5 月 9 日。

步有才先生《苍梧》原玉

光阴虚度去难留，
学浅如同水半瓯。
深谢赛君青眼顾，
老牛垅上未蹄休。

赛有才先生是郑州市诗社主编。前不久写一首《苍梧》诗赠我，实际上是赞我的。其诗如下：

朝阳夕月景光留，单立崇冈地奉瓯。
谁鼓丝桐鸣远籁，鹓雏云集仰同休。

时在2017年5月9日。

忆昔惕今

回首当年初学医，
老师命读入门书。
海中一粟仍然是，
温故知新朝夕斯。

时在 2017 年 5 月 11 日。

赞“一带一路”

一路风光一带荣，
共同发展大家赢。
他年论起今时事，
饮水思源莫忘情。

2017 年 5 月 14 日，“一带一路”国际合作高峰论坛在北京拉开帷幕。是日北京阳光明媚，万物并秀，国家会议中心敞开怀抱，迎接各国嘉宾，包括 29 位外国元首和政府首脑在内的来自 130 多个国家和 70 多个国际组织约 1 500 名代表，共商“一带一路”建设合作大计。

谢源净法师赠画

梅花洁洁月光临，
照亮仙人源净心。
恬淡虚无真气固，
空空色相悟中寻。

王涛法号源净，河南杞县人。大学毕业，遁入空门，修行于白云禅寺，方丈授法号“源净”，意思为从内心源头干净。2017 年 5 月 13 日，应友人崔建强先生邀请，有幸和源净法师相见，并赠我亲笔《白梅图》。遂即兴一首，以表谢忱。

谢穆先生赠字

下笔惊人精气神，
耋年犹壮蕴全真。
人能善养此三宝，
可获长生日日新。

穆光远先生于1937年5月生，河南滑县人，善书法，在友人崔建强先生处见面，当即执笔给我写“精、气、神”三字。精、气、神，人称“三宝”。遂奉诗一首，以表谢忱。

谢友人

为买唐装跑远方，
三师同我选精良。
是为孟夏日将午，
仍在搜寻苦苦忙。

三师：朱元森总经理、胡教授、马林教授。
时在2017年5月16日，丁酉年四月二十一。

赞盛世

而今日子似鲜花，
阵阵香风到万家。
入海飞天兴伟业，
脱贫致富傲中华。
汽车电器随心用，
大厦高楼众口夸。
发展繁荣无止境，
岂能坐享卧烟霞。

今日的幸福生活，是党和政府给我们创造的，应当加倍珍惜，继续努力。时在 2017 年 5 月 18 日。

赞中医（一）

中医有法展奇谋，
宝库生辉射斗牛。
步入长沙新境界，
莘莘学子更风流。

“法”有两个含义：一是指《中医药法》，二是指中医治病有独特的法则和方法。

时在2017年5月18日。

观竹有感

绿竹猗猗映碧苍，
松梅为友号三强。
虚心有节平生是，
不为雪霜风雨狂。

三强：习称“松竹梅为岁寒三友”，此处三强，有这个意思。
时在2017年5月19日。

贺《食林广记》获奖

最佳巨著获殊荣，
多少工夫集大成。
民食为天心上重，
烹调技艺细专精。

《食林广记》为马红丽作家著，商务印书馆出版。“中国好书”2017 年 4 月榜单有名，特此祝贺。

看白夹竹桃花

喜看花开夹竹桃，
宛如君子着银袍。
清风摇曳斜阳下，
分外光明品格高。

旧称竹为“君子”，夹竹桃虽非绿竹，却有“竹”字之名，故曰“宛如君子”。银袍是白色之意。

2017 年 5 月 20 日于郑州市经纬广场。

赠友人（三）

玉出昆冈秀大梁，
衡常达变破天荒。
崔师总是神仙手，
老退田园仍放光。

敬贺国家级名老中医崔玉衡教授学术经验交流会在河南开封成功举办。时在 2017 年 6 月 8 日。

沉痛悼念国医大师李振华教授逝世

惊闻噩耗泪双垂，
师去蓬莱永不归。
一代医星悲陨落，
长留业绩放光辉。

时在 2017 年 5 月 24 日。

参观河南省卫生和计划生育委员会新办公大楼即兴

崭新如画办公楼，
高耸云天接斗牛。
全省人民康健地，
春风浩荡遍中州。

时在2017年5月25日。

赞友人

为茂杏林亲手浇，
虽然辛苦也逍遥。
问君能展许多志，
泽被人民是目标。

友人于朝锋先生创办河南国医医学研究院。院内有很多名医大家为广大人民治病，是患者之大幸也。同时又是为基层医生进修提高医技的基地，更是患者之大幸也。

端　午

同韵两首

一

匆匆岁月又端阳，
角黍龙舟艾叶香。
遥忆屈原千古恨，
离骚依旧闪金光。

二

龙舟竞渡映朝阳，
雄酒锦囊扑鼻香。
举国人民歌盛世，
神州无处不风光。

时在丁酉年端午节。

讲座即席赠言

博采勤求垂妙方，
至今仍是效彰彰。
医能善用仲师法，
如驾慈航渡众苍。

讲座题目是“漫谈用经方的体会”。

庆贺六一儿童节

儿童六一乐无边，
祖国之花正美妍。
知识日增人渐大，
顶天立地更超前。

时在2017年6月1日。

贺王立忠教授又收七位高徒

立忠教授老来红，
又收高徒七大雄。
理验俱丰称巨擘，
葵花向日笑东风。

时在2017年6月3日。

自我摔倒记实

一跤摔得土沾襟，
为上楼梯报纸寻。
所幸皮伤无大碍，
这回示我要当心。

2017 年 6 月 3 日参加王立忠教授收徒仪式。午饭后，司机开车送我到院内楼下停车场，然后告别而去。

全楼（一单元）住户报箱设在一楼大厅。我没乘电梯，欲走步梯上行至大厅取报纸。不料当行到第六个台阶时，一步没走稳，失去平衡，重重伏身摔倒在地。正欲起身时，忽有邻居一青年把我扶起，拍拍衣上灰土，重新上到一楼大厅，取出报纸，乘电梯到九楼我家。查看右膝下摔破一层皮，长约 4 公分，宽约 1 公分，当用碘酒擦抹，遂肿起疼痛，继服云南白药。遂赋诗一首以誌之。

自咏年老

日渐体衰两眼花，
恨无妙术驻年华。
而今虽是龙钟态，
自诩精神还不差。

我今年正八十八周岁，尚能门诊、育徒。但岁月不饶人，体态大不如以前，这是自然规律。

过父亲节

一年一度父亲节，
儿辈请餐尽孝心。
美味佳肴欢笑语，
归家喜得弄瑶琴。

弄瑶琴，指我拉二胡。
时在 2017 年 6 月 18 日。

贺《崔玉衡临证经验荟萃》出版

崔师妙手起沉疴，
济世活人恩泽多。
一部奇书长造福，
如同春雨润田禾。

时在2017年6月19日。

夏至即兴

虽云夏至一阴生，
仍是强阳当令行。
待到“三庚”方入伏，
物皆蕃秀大繁荣。

时在2017年6月21日，农历丁酉年五月二十七夏至日。

贺臧云彩先生谢秋利女士喜结良缘

云飞霄汉瑞祥生，
彩耀尘寰分外明。
秋日物半歌大有，
利人善举事皆成。
喜从天降天长乐，
结得果来果更盈。
良侣良医齐济世，
缘同金石海山盟。

时在2017年6月25日，农历丁酉年六月初二。

赞我院疼痛科

针推奇效究其因，
既有传承又创新。
审证施方除病痛，
当今高手亦真人。

予患膝关节肿痛近一个月，不能自复，遂去我院（河南中医药大学第三附属医院）疼痛科，施以抽水、烤电、针刺等疗法，症状大轻。

时在2017年6月26日。

游北京北海公园　两首

一

北海公园水接天，
绕堤深浅柳含烟。
荷花彼处红如许，
缓缓游船荡碧涟。

二

北海公园首次来，
心随水阔顿时开。
老夫衰朽艰于步，
坐视风光亦壮哉。

2017年6月28日上午，我同女婿董伟一起去北海公园。因我膝关节疼痛，走路困难。坐在公园岸边，远观景色。女婿回来说，那边水里还有大片茂密的荷花，我没有看到。故云“彼处荷花”。后来《人民日报》2017年7月8日报道：“近日，以‘御苑风采、荷露凝香’为主题的北京北海公园第二十一届荷花展拉开帷幕。”

荣获国医大师称号　即兴两首

一

荣获国医称大师，
同人组织共扶持。
竭诚撸袖加油干，
不忘初心要自知。
大地阳春开泰象，
普天时雨漾和熙。
应将起点作零点，
当惜分阴勿自欺。

二

一场春雨细如丝，
润物无声草木滋。
薪火焰高明广宇，
杏林日暖发新枝。

老牛难忘披星志，
笺纸铺开写锦诗。
更上层楼舒望眼，
山光水色喜多姿。

时在2017年6月29日。

在北京京西宾馆受表彰会上即兴

北京此会义深长，
选萃中医受表彰。
荣誉面前须惕励，
愿为红杏助芬芳。

2017年6月29日，人力资源和社会保障部、国家卫计委和国家中医药管理局在北京京西宾馆联合举办国医大师、全国名中医表彰大会，表彰第三届国医大师和首届全国名中医。我属于国医大师的序列，享受省部级先进工作者和劳动模范待遇。本次受表彰的国医大师30名，全国名中医100名。

赠吾儿登峰

吾今喜有继承人，
学术求精要认真。
但愿登峰临绝顶，
仰观广宇倍精神。

时在2017年夏。

赠儿媳宋红湘教授

临风举目望湘江，
大浪滔滔气势庞。
日日精疗妇人病，
闲来含笑对晴窗。

时在2017年夏。

赞高徒孙玉信

理验俱丰信有孙，
而今进入大医门。
口碑高耸齐争望，
惠泽人民无量恩。

孙玉信是我的高徒。

他的中医功底好，是河南中医药大学（原为河南中医学院）内经教研室主任、著名老中医、教授石冠卿的研究生。一直从事临床工作，积累了丰富的经验，培养出多批研究生，为国家、为医院做出了很大贡献，同时，他的文化水平也很高。现为河南省名中医。

赞孙艳萍

巾帼英雄夸艳萍，
业精政秀喜双赢。
贤妻良母闻遐迩，
颗颗珍珠映日明。

艳萍是河南中医药大学第三附属医院人事科科长，是西医院校毕业的。无论业务上、行政上都很优秀。

观荷即兴（三）

行步维艰难赏荷，
时当六月始临波。
花妍叶茂人心乐，
阵阵微风更协和。

我因摔伤，双膝肿痛（未骨折），难以行走，故迟迟未来观荷。经治疗，大有好转，遂于农历丁酉年六月十六，晨饭后，即打的前来郑州市紫荆山公园湖边。此时满湖茂密的荷花，非常壮观，遂摄影留念。

贺刘颖考入大学　三首

一

虽云刘颖女娇娃，
考入高端艳岁华。
艺术天堂开大步，
前程似锦乐无涯。

二

而今刘氏有传人，
大展才华一代新。
画笔忙挥留胜景，
乾坤增色四时春。

三

校家两教总相宜，
自勉自强朝夕斯。
直上云霄天路近，
晴空万里任奔驰。

著名画家、诗人、书法家刘卉娟女士之女刘颖，今年考入河南师范大学美术专业，特此贺之。

自　咏

源源衣食赖生存，
难忘天恩拜至尊。
自省平生无愧事，
未留污点辱吾门。

天恩：1. 父母养育之恩；2. 老师教育之恩；3. 共产党培育之恩。时在 2017 年 7 月 18 日，时年八十八周岁。

赠友人（四）

松柏林中立巨汪，
年年奉献不寻常。
鸿图大展多良策，
科技兴邦放彩光。

河南科学技术出版社社长汪林中先生，为科技事业做出了很大贡献，特奉诗贺之。

赠医药卫生编辑室主任、医学硕士、副编审马艳茹女士

一马当先誉艳茹，
平生求实不求虚。
闲来搁笔晴窗下，
喜看房间尽是书。

赠医药卫生出版社社长助理邓为先生

郡属南阳有大为，
他年折桂庆佳期。
经纶满腹多奇志，
博古通今举大旗。

《百家姓》，邓为南阳郡。

2017 年 7 月 18 日。

赠东明医学书店经理王晓田先生

书田忙罢种农田，
喜获丰收两得全。
血汗双流心内乐，
人生价值志须坚。

他除经营东明路书店外，又在襄县经营数百亩农田。

赠东明医学书店经理岳红梅女士

红梅朵朵占春先，
东北河南共一天。
二务兼优忙内外，
岳家传统孝忠全。

红梅女士，原籍吉林，来河南工作，与王晓田先生结为夫妻，家庭非常幸福。

二务：指内务和外务。

赠病人（四）

皮肤之疾不须忧，
服药平调自可瘳。
他日学成工作后，
青云直上乐悠悠。

患者孙艺航女士，21岁，正在北京上大学，汉语数学专业。不幸患皮肤黑棘皮病，有些心焦。诊毕，开好药方后，遂当面奉诗慰之。她当即喜笑颜开，其陪同父母亦为之开心。这也是一张较好的“无药处方”。

谢友人赠匾

八员大将首为牛，
赠我花王用意周。
春满人间无限好，
共同携手上高楼。

我荣获国医大师称号后，由八位教授赠我一个刺绣牡丹长框，悬挂于墙上，非常壮观。他们依次为牛德兴、赵国岑、郑绍周、王立忠、张然丁、王海军、李郑生、张维博。其中有我同班同学三人。他们都是教授，都是中医泰斗。

时在2017年7月21日。

溽　暑

溽暑炎蒸湿气浓，
几潮础润雾重重。
整天闷热人难耐，
只盼秋来得豁胸。

今日是 2017 年 7 月 23 日（星期天），农历丁酉年闰六月初一，是“大暑”的第二天，气温 29~38 摄氏度，雾天。

答友人　步原玉（四首）

一

为医处处要思微，
莫教瓯中粥米稀。
老手功高成国粹，
新苗茁壮出墙扉。
启航东海乘风去，
采药南山戴月归。
齐赞国家颁大法，
如鱼得水更宽衣。

二

同乡之友又知音，
白雪阳春君若岑。
谈屑精深留古韵，
韦斋幽雅著诗林。

壮元才学之惊世，
国手兰亭永悦心。
五岳归来酬夙愿，
茶馀高卧敞胸襟。

西中文先生是著名的书法家、书法理论家和著名的诗人、文学家。曾荣获书法兰亭奖（是书法最高奖项）。出版有《佩韦斋吟草》和《书法文史谈屑》等著作。我常称他“既有状元之学，又有状元之才”。我俩既是同窗，又是好友，我此次获国家授予国医大师称号，他作诗两首，表示祝贺。我即奉和原玉答谢。第一首主要写我国的中医现状和我个人的情况，尤其是2017年7月国家颁布的《中华人民共和国中医药法》，是党中央、国务院进一步对中医药发展的高度重视。第二首主要写西先生的情况，很不到位。

附：西中文先生的诗作

一

愿从脉象辨丝微，
国手良医自古稀。
救溺仙方舒旧困，
扶危妙术启新扉。
冯唐登紫天恩远，
李广悬金众望归。
谈笑寻常荣辱事，
当年谁见泣牛衣。

二

青鸟殷勤报好音，
悬壶半世仰高岑。
鸿才撷去羞文苑，
热血输来沃杏林。
妙手千磨成国手，
仁心几度化诗心。

一纸虚名几多价，
堂上馨香久满衣。

不料过了两月余，西先生又按原韵写了两首赠予，对我又一次鼓励和鞭策，予甚悦，遂又按原韵和之。

一

细雨纷纷入翠微，
竹床高卧梦依稀。
花经雨后方抬眼，
客到阶前始启扉。
奋笔常书骚客句，
层楼远眺路人归。
探亲国外往来便，
身有馀钱不典衣。

二

庭树时闻楼鸟音，
安闲胜过陟山岑。
书常持手生佳兴，
人在高端览秀林。

莫道忙忙增岁月，
须知洒洒有童心。
朋来共话窗前坐，
几盏清茶乐敞襟。

此诗主要写友人西先生恬淡安乐生活，不知以为然否。西先生现住高楼 17 层，与郑州市紫荆山公园只一墙之隔。

童心有两个意思：一指童心未泯；二指其贤内助童慧琴。

探亲国外：指西先生女儿在新加坡，每年去其处居住数月。

附：西中文先诗

一

圣手悬壶下紫微，
医兼文斗足音稀。
礼贤每见停朝哺，
救溺时闻叩夜扉。
拾穗荣期行且乐，
把琴曾点咏西归。
玉堂舍马当年事，
耄耋怡然老布衣。

二

昨颁令誉胜蹈音，
德艺经年仰峻岑。
医重三才光橘井，
文成五凤羡儒林。
越人询有回天术，
焦客原持济世心。
闲步观荷紫荆苑，
撷来秀句自题襟。

扁鹊，字秦越人。
华佗，沛国谯人。

答同学　两首

一

榴花初放喜相逢，
如得甘霖雨露浓。
愧我奔忙增岁月，
知君高洁一霜松。
常经锻炼换新貌，
几历寒暄添老容。
为把寸心全献党，
同行携手奋攀峰。

二

易离难会似参商，
常忆当年聚一堂。
六载功深同面壁，
九年阔别异家墙。

鱼书虽渺遥遥阻，
兰契仍飘冉冉香。
肯拾遗簪重过我，
西窗剪烛赋诗章。

宋善安与我在河南中医学院（现改为河南中医药大学）同窗共读六年，于1964年毕业，系该校首届毕业生。他功底深厚，学习优良，能诗善文。毕业后被分配到河南温县中医院。时隔九年，来郑会面。后来给我写了两首诗，遂奉和原玉以答之。我未留底稿，时间长了，忘记此事。幸巧其外孙女侯凌波从广州中医药大学博士毕业，被分到河南中医药大学任教师。在报到后同其母一起到我诊室，并将此诗和信展示。予见信思人，不禁慨然，他已逝世多年，痛哉！今将此诗略加修改，刊载于此，以作追思云尔。此诗是1972年7月4日写的。

时在2017年8月1日。

讲座后留言

为医须得动思维，
多动思维始见奇。
不畏高坚停脚步，
渐行渐进渐深知。

2017年8月5日，在河南中医药大学第一附属医院针灸科举办的学术交流会，应邀做学术讲座，题目是“中医治病要用好中医思维”，结束后奉诗一首，以期共勉。

立秋偶成

荏苒光阴又立秋，
暑天未过汗仍流。
西瓜啖下心凉爽，
蝉噪枝头动客讴。

一边西瓜，一边听蝉鸣，岂不美哉，竟忘了“秋老虎”之威。时在2017年8月7日（立秋日）。

九寨沟大地震

强震灾临九寨沟，
山崩路断倒高楼。
军民协力党为盾，
重建家园更美优。

2017年8月8日21时19分，四川省阿坝藏族羌族自治州九寨沟县发生七级地震，灾情严重。

看养鸽房有感

远看东邻养鸽房，
生财有道主人忙。
居安本是寻常事，
为众献身保健康。

我在住室东窗（九楼）远看东边（约有300米远）楼上建一养鸽房已数年，养了很多肉鸽。每天放飞几次，它们在空中盘旋群飞后，仍落在原处，吃主人撒的谷物。待养到一定时候即出售，为此，生息、循环不已。

游园偶成

鸟飞花笑早秋天，
绿竹猗猗柳上蝉。
高树低茵池小静，
常来此处可延年。

2017年8月12日于郑州市经纬广场。

七 夕

今岁又逢七夕天，牛郎织女会无愆。
一双稚子苦思母，两地生涯徒自怜。
万语千言倾此夜，易分难合待明年。
人间情侣常相面，不赖鹊桥得并肩。

时在 2017 年七夕。

悼念恩师赵清理教授仙逝十周年　同韵两首

一

恩师仙逝十周年，
每忆音容泪潸然。
一代宗风施化雨，
各家学说溯渊泉。
瘀从化上多深奥，
郁者开之有秘诠。
万语千言难尽意，
杯杯祭酒洒灵前。

二

高悬绛帐忆当年，
每叩两端知所然。

愧我愚顽喜纳履，
蒙师惠教饮甘泉。
虚怀有素如虚谷，
妙术无私授妙诠。
回首昔时常苦读，
诵经月下晓风前。

恩师赵清理教授，学识渊博，理验俱丰，德高望重。“活血化瘀”“郁证学说”，是其学术特点。在河南中医学院（今改为河南中医药大学）给我班讲授“各家学说”等课，深入浅出，循循善诱，诲人不倦，至今记忆犹新。他是我们的好老师、好榜样。今逢“纪念赵清理逝世十周年活动”，特奉祭诗两首，以表哀思。

时在2017年11月24日。

赠画家李明先生

李林处处漾春风，
莺唱枝头声振中。
携手同行奔大道，
心弦乐奏小桃红。

李明先生系河南省书画院院长，黄莺女士是其夫人。2017 年 9 月 2 日晚，由李先生召集画家张宋剑夫妇、杨振熙夫妇和我老两口等 10 余人，在郑州东区一家信阳饭店共进晚餐，其乐融融。予即席口占一首奉赠李明先生、黄莺女士，以作誌念。

张宋剑先生山水画展观后感

多少工夫集大成，
峰峰壑壑势峥嵘。
湿干浓淡有真韵，
春夏秋冬无俗情。
悬瀑似闻流水响，
丛林总觉冷风生。
几间茅屋崎岖路，
飞鸟凌空自在行。

2017 年

白露偶成

节虽白露未为霜，
温度渐低夜更凉。
莫叹蒹葭桐叶老，
篱边黄菊待芬芳。

2017年9月7日，农历白露节。

教师节感悟

师生代代总相因，
同守杏坛一片春。
薪火传承无止息，
发扬光大日新新。

贺河南中医药大学医疗系76级二班毕业38年聚会

三十八年弹指间，
今朝相聚大开颜。
生涯各异皆优秀，
不畏山高再度攀。

时在2017年9月16日。

咏新月

天空如洗月如牙，
廿七凌晨现丽华。
映入鱼塘惊晓梦，
谁投美食把餐加。

新月都在农历每月二十五、二十六、二十七凌晨，出现在东方天上，以二十七凌晨为最佳。

赠高徒马红丽女士

尔日定能成大医，
决心毅力并文基。
朝阳映在铁峰上，
面对春风笑解颐。

我的高徒马红丽女士已拜我为师，学习 10 个月，进步很快，她是报社首席记者。其夫系南水北调办公室主任李铁峰先生，亦很有文才。

时在 2017 年 9 月 22 日。

欢迎王叟庵先生

倒屣相迎王大师，
光风霁月到门楣。
千言万语犹嫌少，
丹桂飘香入酒卮。

叟庵先生，项城市人。从事文化、文物工作已四十余年。现为中华诗词学会会员、河南书法家协会会员、河南博物院学会会员等。学养甚高，曾两次来我家畅谈，今又同张勋忠教授来我家，我非常高兴。

时在2017年9月24日，农历丁酉年八月初五。

赠友人（五）

迢遥两地得相知，
每莅寒门喜不支。
博识宏才多过我，
平心静气细敲诗。
君家自接周吴郑，
敝姓久连何吕施。
虽是夕阳为岁晚，
满山红叶胜春时。

焦作市王祖光先生是艺界高人，我们相识已二十年了。他身患疾病，经予调治，恢复尚可。此次寄来大作十五首诗，对我的鼓励和鞭策，甚感之。

思 夫

独坐空房暗自伤，
时时思念远方郎。
不知何日能团聚，
已是深秋气转凉。

时在2017年9月26日。

赞刘学志先生《夏木集》诗词文专著

夏木森森无际涯，
几经雨露更荣华。
轻风拂动添新叶，
飞鸟往还栖旧家。
骚客从容停羽扁，
楼台掩映卧烟霞。
何人种此积阴德，
笑指刘郎赢众夸。

前联暗写该书的创新和发展，但不离传统之本。后联暗写夏木的凉爽和幽深。

2017 年 9 月

当我把诗稿送呈以后，他又步韵奉和一首，如下：

行仁积善是生涯，
老树春深又岁华。
耸干参天抽万叶，

垂荫覆地护千家。
栉风沐雨迎朝日，
送暖驱寒笑晚霞。
结得延年益寿果，
无私奉献世人夸。

贺中原脑病论坛
暨首届河南脑病学术大会开幕

脑病突来其势凶，
治疗宜速准为宗。
中西结合创佳绩，
不畏艰辛登险峰。

时在2017年10月14日（星期六）。

贺河南中医药大学第三附属医院肛肠专科联盟成立大会圆满成功

肛肠生痔实堪忧，
疼痛便难血外流。
克险攻坚除隐患，
轻松康健喜心头。

时在 2017 年 10 月 17 日（星期二）。

贺中华中医药学会名医学术研究分会学术活动圆满成功

中医学术不停留，
发展创新居上游。
经典精华昭圣殿，
名医论著似高楼。
长江滚滚推前浪，
后辈纷纷驾巨舟。
盛世欣逢歌大有，
杏林处处茂神州。

庆中国共产党第十九次全国代表大会在北京隆重开幕

党的航船又远行，
乘风破浪势恢宏。
核心坚固皆无畏，
国梦终圆举世惊。

时在 2017 年 10 月 18 日。

开封第 35 届菊花文化节观后感　三首

一

满园丛菊满园香，
一道明光射碧苍。
莫谓秋深天气冷，
仙姿自可傲寒霜。

二

皆道开封岁岁红，
菊花朵朵倩秋风。
流连忘返不知倦，
人在园中似画中。

三

年年菊展到开封，
心境如同在秀峰。
时近午中寻酒店，
小笼包子味香浓。

花好饭好，满载而归，不亦乐乎。这是开封第35届菊花文化节开幕的第二天，可谓及时。菊花有的盛开，有的初开，有的含苞待放，真可谓“好花看到半开时”。我是独往独来，无挂无碍，随心所欲。

自嘲年老多病

老身之疾似纷麻，
不重不轻总有差。
雨露阳光虽惠我，
难期铁树再开花。

我今年已八十八周岁，年纪不算很大，但身体欠佳，有慢性咳嗽、腰腿疼痛、耳聋眼花等症状。这是自然规律，难以抗拒。

河南省卫计委老干部重阳节聚会座谈即兴

欣逢佳节又重阳，
济济英才聚一堂。
民众欢呼十九大，
国家事业万年强。

今年重阳节相聚，与往年不同，恰逢中国共产党十九大胜利闭幕。在这大好时光里，召开老干部重九座谈会，非常高兴，踊跃发言。

时在2017年10月26日重阳节前夕。

赞王新志教授又收十名高徒

名师门里出高徒，
薪火相传荡荡乎。
桃李成蹊皆大壮，
十株新秀又如珠。

全国名老中医药专家王新志教授传承工作室学术活动并收十名高徒。

贺针灸专业联盟在中医三附院召开

中医针灸几千年，
一朵奇葩代代鲜。
世界居先称独特，
广施恩泽福无边。

时在 2017 年 11 月。

赞济华中医馆

济华医馆不寻常，
国手名医坐大堂。
救死扶伤为己任，
更疗未病寿而康。

济华中医馆是民营医院，办得非常好。近几年连续召开中医学院1958级（首届）部分同学聚会座谈，即席赋诗一首以作誌念。

贺中原妇科学术流派交流会暨门成福教授妊娠病学术思想培训班开幕

妇科奇术古今传，
洵有良方可补天。
花好月圆无限乐，
云蒸霞蔚映三千。

2017 年

九十岁生日感怀

夫妇双双共耄年，
历经风雨总安然。
酒肴缓缓呈筵上，
儿女纷纷绕座前。
架上诗书心内镜，
壁间字画意中天。
三餐腹饱无忧虑，
蹄奋夕阳何用鞭。

我今年虚岁九十，老伴周岁九十。生日当天，弟弟、儿女、亲友共聚一堂，其乐融融，不收礼金，别有韵味。时在 2017 年 11 月 9 日，农历丁酉年九月二十一。

咏老槐树

行难今始见槐仙，
华盖如云罩远天。
香客常来虔跪拜，
为求赐福应垂怜。

2017年11月16日于郑州市人民公园老槐树下。

对中药炮制有感

炮制虽繁理要通，
临床需要费精工。
中医特色此其一，
岂可粗枝大叶终。

参加国家中医药管理局第二期全国中医师中药炮制理论和技术培训班，即兴一首。

时在2017年11月。

大雪节偶成

大雪节临雪未临，
厚衣饱腹冷难侵。
晴空万里明如洗，
一片冰心到上林。

2017年12月7日，农历丁酉年十月二十，大雪节日，是日天气晴朗，又无大风，气温虽低，但不觉寒冷。

贺张仲景国医大学开学典礼

一枝独秀誉中州，
海阔天空壮志酬。
广育英才能济世，
医林史册载勋猷。

这是1993年写的，我从别的资料中发现这首诗。虽然时间比较久远，但仍有新感，兹特录之，便于回忆过去。这所大学的创办人是我的恩师赵清理教授，后由其子安业教授继办，很有成效，很有影响。

贺马云枝教授收徒

骏马奔腾万里程，
祥云高耀瑞枝生。
中西结合术灵奥，
薪火传承永赫明。

马云枝教授系河南中医药大学第一附属医院神经内科主任，中西医结合，医术精湛。今又收十名高徒，特此祝贺！

赞河南中医药大学第三附属医院疼痛科

三附院中疼痛科，
人才济济似华佗。
沉疴立起欣然去，
远近闻名众口歌。

我双膝先后患痛肿积液，经该科多次调治，大见功效，予甚感之。

记南阳邓州市之行

一

卅年未到邓州城，
面貌全新满眼明。
更有中医垂范院，
大师唐氏厥功宏。

二

今日敬瞻万寿堂，
庄严肃穆泛灵光。
名人题字镌于石，
犹觉当年药味香。

三

为祭恩师到墓前，
鞠躬垂首意悽然。
几杯浊酒同香进，
松柏森森笼淡烟。

四

东过许昌已亮灯，
城乡尽是电为生。
脱贫致富有新变，
举世人民大震惊。

2017 年 11 月 25 日，去南阳邓州市中医院（为示范中医院，由国医大师唐祖宣院长兴办）参加“河南省第七次仲景学术研讨会暨赵清理教授逝世十周年纪念活动”。期间去恩师赵清理故居万寿堂和墓前祭奠。该堂系一座小院，古朴典雅，药柜等设施俱全，院内墙上有许多名人题字的镌石悬于其上。其陵墓庞大，松柏森森，予洒酒进香，肃立良久离去。在该县中医院午餐后返回郑州。此次之行，虽是一日，内容丰富，故作诗以记之。

赠著名书画家诗人刘卉娟

篇篇大作似珠玑，
多少工夫运巧机。
逝水年华寻旧梦，
轻轻蝴蝶任翩飞。

刘大师赠我很多作品，兹检点所藏画扇，遂有感而作。

步刘学志先生菊颂诗　原玉二首

一

年年总是艳秋时，
月冷风寒露滴枝。
喜与同君留倩影，
个中宛若一篇诗。

二

遥想当年归去来，
几经风雨傍篱开。
平生个性总难改，
颇耐寻思梦里徊。

附：刘学志先生菊颂诗

一

万木凋零大雪时，
东篱犹见傲霜枝。
凡花一介倔如此，
引得刘郎频赋诗。

二

人间几度朔风来，
骨傲黄花伴雪开。
陶令不嫌颜色淡，
幽香小径独徘徊。

刘云：丁酉冬郑州首场大雪后两日写此诗赠予，并回，此时见邻人养数盆菊花，迎雪怒放，甚是稀奇。我的和诗是菊花盛开的秋季，言其常也。

时在 2017 年 12 月 12 日。

冬至闲吟

虽云冬至一阳生，
阴气仍隆季未更。
九九寒天今始入，
三三令候慢循行。
城乡雪积冰封路，
风雨朋来酒满觥。
待到梅花枝上俏，
依然傲骨品高清。

注：九九即九个九天。冬至当天即是入九日，也就是一九第一天。

三候有两指：一指“冬至三候”，即一候蚯蚓结，二候麋角解，三候水泉动。二指“冬三月”。

“感动中原”年度教育人物获奖后即兴

河南大学不寻常，
国际知名出栋梁。
今日礼堂颁励奖，
止于至善共兴邦。

此次奖名为“感动中原”年度教育人物。是在河南大学（开封）大礼堂，由中共河南省委高校工委、河南省教育厅颁发奖状和奖杯。我是获奖人之一。

“止于至善”，四个大字，是在河南大学大门背面门头上的匾额。

共兴邦，亦可改为“谱新章”。

雪天偶成

雪花飞舞乱纷纷，
满目银山树白裙。
喜得农民忙煮酒，
丰年瑞兆亩千斤。

2018 年 1 月 4 日，农历丁酉年十一月十八，是日大雪纷飞，到处皆银装素裹，这是郑州地区一次较大的雪。据电台报道，其他地区，雪下得更大。

今天又雪

昨日刚晴今又雪，
漫天飞舞尽高洁。
人居室内暖如春，
煮酒烹茶衣不缺。

时在2018年1月6日。

九十岁抒怀

朝朝暮暮学岐黄，
医道精深似海洋。
操舵驰航须谨慎，
决心毅力不彷徨。
为山九仞勿亏篑，
其味无穷莫浅尝。
岁月匆匆今九十，
天恩惠我始荣光。

“天恩”有三指：一是父母养育之恩，二是老师的教育之恩，三是共产党培育之恩。

2018 年

贺许敬生教授《中医药文化寻源——中原中医药文化遗迹考察记》出版

许师巨著大功成，
民族精神气势宏。
继往开来遗迹考，
中医文化又充盈。

此巨著于2018年1月12日下午在河南中医药大学图书馆第二报告厅举行隆重的首发式。

我有幸应邀参会，即席赋诗一首助兴。

参加河南干部保健协会换届暨培训会有感

保健长寿并非难，
难在茫然暗自残。
只要医防能得当，
人均百岁满堂欢。

2018年1月16日下午于紫荆山宾馆。

看小学校门前接送者有感

接送学生来往忙，
不能迟到冒风霜。
痴心父母古今是，
唯望娃们成栋梁。

注：此处父母，包括狭义和广义两种。
时在2018年1月19日。

敬贺邵天祥老中医八十寿辰

邵老筵开庆耋年，

德高望重美名传。

悬壶济世操仁术，

春满人间南极仙。

邵天祥老中医，我俩既是同道，又是老友。家住禹州市神垕（hòu）镇，今年八十岁生日，特奉诗亲临祝贺。

初次到神垕镇

久闻胜地未窥真，
今日身临倍感亲。
楼宇参差人气旺，
驰名中外有神韵。

河南禹州市神垕镇，是文化古都，盛产钧瓷。享誉国内外，称为世界“独有”，为宋朝“五大名窑”之一。人云：“纵有家财万贯，不如钧瓷一片。”神垕是我向往之地，但一直未有机会前去。今日为老友邵天祥祝八十大寿，得以前往，一睹风采。

赞中医三附院门诊

门诊各科皆有长，
病人选入任思量。
发挥特色中医药，
异口同声大赞扬。

时在2018年1月。

雪后即景

窗前喜见雪花飞，
处处山林裹素衣。
霁后军民除路障，
便于行者易回归。

2018 年 1 月 27 日大雪纷飞，人皆欢喜。

贺臧云彩《仲景方歌方证速记手册》《仲景方歌括口袋书》出版

从来方药贵精良，
登入南阳仲景堂。
臧氏深研知奥义，
珍珠颗颗饱青囊。

时在2018年1月。

贺杨振东先生韩颖女士喜结良缘

花开并蒂有奇缘，
比翼双飞奋远天。
鱼水合欢春倍暖，
弄璋弄瓦喜连连。

杨振东先生是河南报业集团拥有高级职称的记者，韩颖女士，是河南中医药大学的教师。我是主婚人，喜作是诗贺之。

步诗人刘卉娟女士戊戌元辰有作原玉

三阳开泰岁之初，
诸事遂心愿相符。
春日迟迟温阆院，
草堂缓缓饮屠苏。
亲朋聚首言年寿，
儿女为吾挂佛珠。
鸡去狗来皆大喜，
气和心静念南无。

附：刘卉娟女士诗

斗柄东回淑景初，
千家对联易新符。
凭高倍识山河丽，
扶病能如草木苏。
粉壁流光过驹影，

春[illegible]旧袖惜衣珠。
岁朝应律吐心绪，
得似春音调达无。

其注云：衣珠，衣上宝珠。佛家喻众生本具的佛性。

步刘卉娟女士赞我诗原玉

好事虽然多降临，
岂能气傲起骄心。
浅尝辄止难臻善，
医境还须岁月深。

附：刘卉娟女士诗

金版荣名三喜临，
毕业妙术共仁心。
好风频送杏林暖，
济世尤教泽被深。

其注云：丁酉年磊公荣膺国医大师称号，复获全国最美中医及“感动中原”年度教育人物，荣名，三喜，诗以为贺！

贺王立忠教授《临证方药心悟》出版

岐黄之道太康庄，
不畏艰辛贵自强。
心有灵犀全在悟，
奇书读后永铭王。

时在2018年1月29日。

月全食（职韵）

今宵幸见月全食，
皎皎明光徐失色。
广大人民皆不惊，
破除迷信天之特。

时在2018年1月31日，农历丁酉年十二月十五。是夜晴空如洗，明月东升，至夜八时开始初亏，至夜九时已全食。至此，我已就寝……因为晴天不是阴雨天，故曰幸见。在旧社会人们迷信，每逢日食或月食，认为是天狗把它吃了，或敲锣、敲盆，或放土枪，等等，以惊走天狗，使其复原。

贺李放先生宋勇女士喜结良缘

蟾宫折桂遇嫦娥，
缔结良缘吉庆多。
翡翠帘前无限乐，
鸳鸯枕上永谐和。
知天知地更知己，
好水好山有好鹅。
并驾齐驱皆勇士，
同声高放大风歌。

2018年2月13日。诗中后四句，比较有意思。因为宋勇女士是气象部门专家，故云“知天知地更知己”。因为李放先生是著名的书法家，故云“好水好山有好鹅”。“并驾齐驱皆勇士”着眼点在“勇”字上。“同声高放大风歌”，着眼点在“放”字上。也就是宋勇和李放二位。

自戒（二）

立身处世要多思，
道路崎岖防入歧。
五彩烟花迷望眼，
遵章守法莫偏离。

时在 2018 年 2 月 4 日。

立春偶成

立春之后又新年，
鸡去狗来各自然。
国富民强歌大有，
梅花朵朵笑堂前。

按：二十四节气计算，立春之后即步入新的一年，去年是丁酉年，今年是戊戌年，故云鸡去狗来。

时在2018年12月4日，农历十二月十九。

闲　吟

江海滔滔日夜斯，
源头活水始称奇。
千丝成锦人争艳，
应识窗前织者为。

时在 2018 年 2 月 4 日。

漫吟春节

人逢佳节喜团圆，
万里归家过大年。
旭日初升迎瑞气，
旧符已故换新联。
酒肴满席鱼为贵，
烟火飞天夜不眠。
各展其能兴所业，
前行路上再争先。

大年即春节，过去人们只知过年（阴历年），这是中华民族的传统节日，我国人民非常重视，在外地工作的，即使离家千里万里，不论远近，到年时都要回家团聚，非常热闹。少数有特殊任务者除外。

鱼为贵：鱼有“馀”的意思，年年有馀，是吉祥语。

烟火：因治理污染，净化空气，近几年上级规定，不准在城市放鞭炮、放烟火。空气好的城市及农村，尚可为之。

时在戊戌年除夕，严格说是丁酉年除夕。

咏水仙花

婷婷含笑立波前，
神态飘然宛若仙。
风雨无欺常静谧，
清清白白出尘缘。

时在 2018 年 2 月。

医儒的关系　二首

一

泱泱儒学似江河，
医道皇皇奥妙多。
各有其长皆有位，
并行不悖显巍莪。

二

医儒之道理相通，
仁术仁心造化同。
博大精深传代代，
生生不息永为雄。

时在2018年2月18日。

腊梅赞

朵朵腊梅如玉黄，
深居幽处放奇香。
志坚不畏严寒苦，
独善其身扬所长。

院内有一株腊梅，花如黄玉之润。予伫立良久，遂口占一首赞之。时在 2018 年 2 月 11 日，农历十二月二十六。

持家感言

清洁卫生在保持，
岂能一曝十寒之。
勤勤俭俭是根本，
朱子格言要细思。

注："一曝十寒"语出《孟子·告子上》："虽有天下易生之物也，一日暴之，十日寒之，未有能生者也。"暴亦"曝"，意思是晒一天，冻十天。比喻没有恒心、努力少，荒废多。

治家格言，世称《朱子家训》，是朱柏庐（1617—1688）所著。我生于农村，家庭贫寒，父教甚严，一生勤俭，从不浪费。几十年来，每日早起，清理室内卫生，从不间断，从不懈怠，直到现在，还是这样。

时在2018年2月23日晨。

元宵节

人们最喜闹元宵，
灯火笙歌似海潮。
耕者有田商有业，
丰衣足食任逍遥。

时在 2018 年 3 月 2 日元宵节。

贺河南中医药大学许敬生教授喜收李嘉慧女士为高徒暨“许敬生教授中医药文化传承工作室”揭牌仪式

广施化雨立潮头，
桃李如云乐不休。
继纳高徒增异彩，
医文并茂上层楼。

时在2018年3月10日。

答李亚男同学《过年小感》

实践方能知所知，
拨开云雾解心疑。
真经取得归来后，
悟透玄机展笑颐。

时在2018年3月1日。

老年即兴

耄年已至夕阳斜，
似海沉沙日渐加。
只要心身还可动，
岂能闲坐食鱼虾。

虽然衰朽，尚不痴呆，每周可坐三个半天门诊，做家务劳动等。

庆“三八”国际劳动妇女节

人民今日庆三八，
大任担当环宇华。
巾帼力量天一半，
非凡智慧古今夸。

时在2018年3月8日。

寄语门人

一

学习时时勿自欺，
达摩面壁应深思。
决心毅力须兼备，
一曝十寒当戒之。

二

得豆得瓜全在勤，岂能终日醉醺醺。
学无止境医无境，不负光阴要惜分。

注："一曝十寒"见前《持家感言》解。

"惜分"：珍惜时间。陶侃语人曰："大禹圣人，乃惜寸阴；至于众人，当惜分阴。"故常曰："禹寸陶分。"

2018年。

贺道爱堂中医馆开诊

不忘初心爱我华，
悬壶济世实堪夸。
春风绽放花千里，
泽被人民福万家。

河南省中医院刘爱华教授退休后，在本市内创办一所“道爱堂中医馆”。于2018年3月14日开诊。

迎友人即兴

携手同心两相欢，
南行万里路漫漫。
人生能有几回搏，
细说当今程与韩。

程广振先生、韩凤民女士，系一对老鸳鸯。程精于文，韩精于医，珠联璧合，医文并茂，功成名就。多年未见，忽临寒门，甚为惊喜，遂口占一首，以作誌念云尔。

二位著有《携手南行一万里》，故此云云。内容详见该书。

诗成之后，又做了一些修改，我名之曰：第二版。供阅读者参考、正之。

携手同心心共欢，南行万里路漫漫。
春花秋月明如镜，难忘当今程与韩。

2018 年 3 月 11 日

有感门人学习

滚滚财源入宝囊，
取之不尽如为良。
时时处处无羞涩，
到此方知要自强。

时在 2018 年 3 月。

赞习近平同志当选为中华人民共和国主席

春雷震响九州天，
万众欢呼夜不眠。
治理山河牢掌舵，
全心全意梦终圆。

2018年3月17日十二届全国人大一次会议，习近平全票当选国家主席、中央军委主席。

贺河南省中医药学会经方临床研究学术活动

经方独特效彰彰，
宝库生辉永放光。
日久深研臻妙境，
必然圆梦见南阳。

时在2018年4月21日。

贺中医77级校友聚会

风雨兼程几十秋，
从医从政尽殊优。
枫林如染遍山野，
无际红光一望收。

时在2018年4月21日。

赞治心血管疾病中医专家

君主之官要永明，
莫因疾病碍长生。
群贤医界称高手，
力挽狂澜得太平。

时在2018年3月。

在叙源餐馆聚餐即兴

石斛为浆花作茶，
饮余倍觉兴无涯。
人生难得叙源聚，
深谢杨芳美食家。

2018 年 3 月 25 日（星期天），应友人崔健强先生邀请，在郑州东区“叙源”餐馆共进午餐。该餐馆以石斛、药膳、文玩为主体。喝的是石斛汁和石斛花茶，午餐丰富。餐馆经理系杨芳女士，席间即兴一首赞之。

游郑州市碧沙岗公园赏海棠花

处处海棠如海洋，
碧沙园内细寻芳。
早春二月寒仍在，
不见花间蜂蝶忙。

郑州市碧沙岗公园，海棠花开放时，我几乎年年皆来此观赏。今年是该园第十届海棠文化节。2018年3月29日，农历戊戌年二月十三，我同女婿胡传厚一同来此。

清明节感怀

清明扫墓忆亡人，
泪洒衣襟如丧神。
英烈庶民同日祭，
继承遗志贵于真。

2018年4月5日清明节，细雨纷纷，真乃是“清明时节雨纷纷”。

赏牡丹花

又去公园赏牡丹，
雍容华贵客心欢。
当年李白清平调，
直到于今诵不残。

2018 年 4 月 6 日同老伴、女婿、女儿等一起到郑州市人民公园游园观赏牡丹花。该园牡丹虽不如洛阳之多，但可就近观赏。

赏紫荆花

东来紫气满荆山，
游兴高时竟忘还。
小坐湖边遥望处，
儿童笑指树斑斓。

2018 年 4 月于郑州市紫荆山公园观赏一望无际的紫荆花。该园以此花为特色，故称为紫荆山公园。又因园内有土山，故又以山为名。

赞中医（二）

岐黄之术太神奇，
四海同春无不宜。
非是吾人夸大口，
个中奥义耐寻思。

2018 年 4 月 7 日，诗中第二句，有“放之四海而皆准”的意思。

对孙婿、孙女婚庆后勉语

花开并蒂有天缘，
比翼双飞到百年。
不与他人争富贵，
同甘共苦总安然。

2018 年春，孙婿王庆林、孙女张永静。

参加第三届中国中医美容大会即兴

美男美女古今求，
月貌花容优更优。
如有小疵违意处，
经过施术即无忧。

会议于2018年4月14日在新郑市召开。

注：施术，包括手术和医药两个方面。

荣获2017年“感动中原”十大年度人物称号即兴

须从实处下工夫，
不负其名不愧吾。
藉此东风为动力，
老当益壮展鸿图。

游郑州市园博园　即兴两首

一

首次兴游园博园，
如诗如画妙难言。
且行且止览车缓，
心旷神怡春日暄。

二

园博园中胜境多，
每游一处似登科。
只因老朽艰于步，
未入幽深即罢梭。

2018年4月26日，农历戊戌年三月十一，河南省卫计委离退休干部工作处，组织老干部集体游园博园。我是第一次来此，该园始建于2017年，建园时间虽不久，但设施很完备，概括起来，规模大、景点多，美不胜收，尤其华夏馆，重现北京圆明园部分场景，非常难得。

庆“五一”

五一年年事大昌，
今年更比去年强。
同心携手共圆梦，
雨露阳光洒万方。

时在2018年5月1日。

赠未面友人

究竟少多是少多，
未曾细问恐传讹。
义虽有异同为博，
满腹经纶张大罗。

胡少多先生是江西省九江市的著名国画家，学识渊博，造诣很深，至今未曾识面。经徐泊涛先生的介绍，我得了胡大师的不少作品，甚为感谢。但对其名字究竟是少（去声）多还是少（上声）多，打个问号。我觉得二者均可。若是少多，说明他在年少时即多才多识。若是少多，有“一生二，二生三，三生万物”之意，看是少，其实很多。不管是少多或少多，都是多，多是相同的。故此为诗。

赠中医77级校友赵相如教授

今古相如名不虚，
连城之璧胜于渠。
东风吹得杏林暖，
妙手回春德有馀。

柳絮

柳絮随风到处飘，
无拘无束任逍遥。
乱飞头上迷人眼，
几度挥之仍不消。

时在2018年5月8日，农历戊戌年三月二十三。

赠中医 77 级校友韩颖萍教授

巾帼英雄功德昭，
前行路上立高标。
韩门走出颖萍杰，
击水归来气势饶。

韩教授先在河南省人民医院医政科当领导，后调至省第二门诊当院长，后又调至省中医药研究院当院长。退休后又回到省人民医院，让其组建中医院。

时在 2018 年 5 月 10 日。

贺友人乔迁新居

黄河北岸有奇房，
楼宇巍峩接碧苍。
鲤跃龙门朝夕乐，
时闹万里水声扬。

友人孟繁民先生、韩颖萍教授，系一对老鸳鸯。在黄河北岸（原阳县境内），买了别墅，安居乐业，特奉诗贺之。

九十岁抒怀　两首

一

一生敬业一生忙，
弹指九旬发似霜。
不忘初心常自励，
岐黄道上论阴阳。

二

年虽九十志犹强，
岂敢耕耘一夕忘。
静坐扪心无愧事，
为人诊疾慎开方。
操琴尚觉腕灵活，
写字更知腰硬僵。
铭记天恩常自省，
生逢盛世沐春光。

注：操琴，指我常拉二胡以自娱自乐。

写字，指我悬笔写大字。

天恩，即父母养育之恩，老师教育之恩，共产党培育之恩。我把此三者，称为“天恩”。

时在2018年5月12日。

从医有感

荏苒光阴春又秋，
青灯黄卷费搜求。
学无止境医无境，
逆水行舟争上游。

时在2018年5月10日。

自戒（三）

受若持虚学自深，
莫教懒惰负光阴。
山高水远何须虑，
只要登临有决心。

时在 2018 年 5 月 9 日。